emtus 4 solidis

# LES
# SOVRCES
## DE L'ELEGANCE
### FRANCOISE;

*O V*

## DV DROICT ET NAIF
### VSAGE DES PRINCIPALES
*parties du parler François.*

PAR
## IEAN DE CHABANEL
### TOLOSAIN.

## A TOLOSE,
Par la Veuue de I. Colomiez, & Raymond
Colomiez, Imprimeurs ordinaires du
Roy, & de l'Vniuersité.

## M. DC XII.

A
LA
NOBLE,
VERTVEVSE,
ET FLORISSANTE
IEVNESSE DE SA BIEN-AIMEE
VILLE DE TOLOSE, MERE TRES-
FECONDE EN BEAVS ESPRITS,
AMATRICE DES BONNES LETTRES,
ET NOVRRICIERE DE LA PIETE,
IEAN DE CHABANEL
TOLOSAIN
DONNE ET DEDIE
CES FRANCHES ET NAIFVES FLEVRS,
QV'IL A RECVEILLY DES SES IEVNES
ANS EZ PLVS BEAVX ET FLORIS-
SANS PARTERRES DES MEIL-
LEVRS ESCRIVAINS FRAN-
COIS; POVSSE D'VN
HONESTE DESIR
D'ILLVSTRER
SA LAN-
GVE,
ET
DERIVER LES SOVRCES DE
L'ELEGANCE FRANCOISE
EN SON CHER PAYS;
AVQVEL IL
SOVHAITE
PERPETVELLE
PAIX, BON-HEVR, ET PROSPERITE.

LA

# TABLE DES TRAITEZ
## CONTENVS EN CE LIVRE.

De l'efficace & proprieté des Articles Le, & La.

Du droit Vsage & naïfveté de la Prepofition A.

De la Prepofition De.

De la Prepofition En.

De la Prepofition Par.

De la force & proprieté de la Conjonction Si.

Divers Noms François au genre defquels plufieurs
   faillent, attribuans au Masculin ceux qui font
   Feminins, & à l'oppofite.

Verbes irreguliers, & defectueux, ou autrement
   mal-aifez à conjuguer en leurs temps, & manieres
   de fignifier.

Mots François prononçez afprement en tefte.

# Au Lecteur François.

A grace & beauté du parler, que les Latins nomment Elegance, amy Lecteur, ne consiste pas tant en la bragardise des mots bien choisis, & curieusement recherchez, comme à bien & proprement vser des Articles, Prepositions, Conjonctiõs, & autres telles parties d'oraison: pour autant que ce sont elles qui lient ensemble tout le reste quasi des dictions, & seruent à la tisseure & liaison du parler, non pas comme le simple attellage dont les cochers ont besoin pour atteler de front leurs cheuaux, mais bien comme les nerfs & tendons qui font iouer les autres parties dont le corps de l'oraison est basty, & les accouplant l'vne à l'autre, leur donnent la grace, le port, & le mouuement qu'elles ont. Car iaçoit que ces particules ne signifient rien à par elles, ny auec d'autres de pareille estoffe, & que par les Verbes nous declarions toute maniere d'actions & de passions, &

ã 3

par les *Noms* ceux qui les font, ou les souffrēt;
si est-ce toutesfois que ces petites parties, ont
vne efficace plus esmouvante & actiue, &
donnent à la parole plus de vertu à exprimer
les actions & les passions, que ne font les *Noms*
& les *Verbes*; à la mesme sorte que les sanglots,
les souspirs, & gemissemens de celuy qui parle,
ont plus d'energie à esmouvoir, que n'ont les
paroles mesmes desquelles il vse, combien que
ce ne soit pas principalement, ains par accident.
Et n'eust pas à la verité mauvaise grace celuy des anciens, qui pour declarer la gentillesse,
& naïfveté de telles dictiōs, dit qu'elles estoiēt
au parler, comme les bordeures à vn vestement, ou comme les pennaches & ornemens
que l'on met par galanterie sur les morions, &
autres habilemens de testes. Mais cest autre
sans doute, rencontra mieux, qui dit que telles
parties estoient la sauce & l'assaisonnement du
langage, & qu'elles seruent à l'oraison, autant
comme le sel sert à la viāde, & le feu & l'eau
à faire le pain; voulant par là donner à entendre, non pas le simple ornement, ains l'efficace
& vertu qu'elles donnent à la parole. Qui a
esté la cause pourquoy le docte *Budée* en ses
commentaires de la langue Grecque, *Laurens*

Plut:
es qu:
Plat.
4. 9.

Valle en ses Elegances Latines, & le Cardinal
Bembe en ses proses Italienes, ont si diligem-
mét remarqué jusques aux moindres proprie-
tez des Articles, Conjonctions, & Prepsitiös,
scachans tres-bien que la cognoissance de telles
particularitez estoit grandement necessaire à
qui veut bien entendre les langues qu'ils entre-
prenoient d'illustrer. A l'imitatiö desquels i'ay
esté soigneux dés mes ieunes ans, d'observer le
droit & naïf vsage de pareilles voix & dictiös
en nostre lägue vulgaire, ayät recogneu que de
là comme de sa source, derive & provient la
plus attrayante grace du parler François. Et
me suis de tant plus estudié despuis à rescrire
avec quelque ordre, & par art, ce que j'ë avois
au commencement recueilly, & notté sans ordre sur mes memoires, que j'ay veu qu'à peine
scaurions-nous conjoindre & mesler deux
Nös, ou vn Verbe, & vn Nom ensemble, sans
l'aide de telles parties, comme font les Grecs
& Latins. Le lägage & parler desquels n'a pas
tousiours necessairement affaire des Articles
& Prepositions, mais le nostre si ; ( hors mis
en bien peu de façons de dire : ) pour ce que
nous ne varions point par diverses terminai-
sons, les droits noms des choses, comme eux, qui

ã 4

declinent par cas leurs *Noms*, leurs *Pronoms*,
*&* leurs *Participes*. M ais quand nous voulons
exprimer la varieté de tels cas, *&* leurs significations diverses, nous vsons des *Articles*, *&*
*Prepositions*, qui sont comme certaines anses à
des vases qui en ont besoin pour estre remuez
*&* transportez çà *&* là. Car ces petites parties nous seruent de mesme à porter *&* re-
muer d'vn cas à vn autre, la signification des
droits noms *&* appellations, qui ne varient jamais (comme nous auons dit) leur terminaison de maniere qu'elles sont beaucoup plus vti-
les *&* necessaires à nostre langue, qu'à celle
des *Grecs* ou *Latins*, qui peuuent s'en passer
plus commodement: *&* pourtant deuons nous
à voir trop plus de soin qu'eux, d'apprendre
en quoy gist la grace naïfve de leur droit vsage; qui est le principal sujet de ce liure. Iouys
doncques, amy *Lecteur*, de nostre trauail, *&*
boy à cœur saoul dans ces viues sources, lesquelles nous descouurons *&* publions volontiers en
faueur de ceux qui aiment la pureté du langage, *&* s'estudient à le polir, *&* parler elegamment *François*. Que si nostre petite industrie
en cecy te plaist, tu nous donnas grande occasion de te faire voir en brief, *Dieu aidant*, le

reste de nos observations, & recherches touchant la naïve signifiance & proprieté d'aucuns mots François, qui sont plus mal-aisez à entendre, & sont dauentage à noter pour acquerir la grace & facilité de bien dire.
A Dieu.

---

# A MONSIEVR DE CHABANEL
## ODE.

DEs grandeurs la vaine pompe
N'a qu'vn perissable orgueil,
Le nom de ceux qu'elle trompe
Va dans l'oubly du cercueil;
Cette gloire reverée
N'a presque point de durée:
Par la plume seulement
Nostre vive renommée
Dans cet vnivers semée
Demeure eternelement:
  Ceux que la superbe flate
Pour parer leur vanité,
Du lustre de l'Escarlate
Empruntent leur grauité:
Cet honneur qui les alleche
Par son détourbier empéche
Que l'effort de leurs esprits
Lors qu'il tente la carriere,
Foible demeurant derriere
N'emporte iamais le prix.
  Mais toy qui te vois desliure

De cet enchanteur appas,
Et qui meurs dessus le livre
Pour vivre apres le trespas;
Solitaire, tu t'amuses
A faire la cour aux Muses,
Qui promettent à tes vœux
Une memoire immortelle,
Iurant de changer pour elle
En Lauriers tous tes cheveux.

  Par elles tu verras croistre
La gloire de ton renom;
Qui par tout fera cognoistre
Tes ouvrages & ton nom;
Et par elles la couronne
Que ton merite te donne
Mettra des rameaux si verds,
Que sans craindre la froidure
Ils garderont leur verdure
Dans la glace des Hyvers;

  Ce fut dans leur docte eschole
Que d'vn soin laborieux
Tu façonnas ta parole
Qui te rend égal aux Dieux;
Du depuis tous tes oracles
Nous paroissent des miracles
Qui nous forcent d'advouer,
Que la medisante envie
De tes merveilles ravie
Ne sçauroit que te loüer.

  Ce sont ces neuf belles Fées
Qui pour te rendre honoré
De perdurables trophées
Ont cet œuvre elaboré;
Par luy ta iuste loüange
Va du Nil iusques au Gange,
Et ce livre nompareil
Eternisant ta memoire

Fait que ton illustre gloire
Luit à l'égal du Soleil.

Poursuy de faire parestre
Tes labeurs si bien receus,
Et ne leur deffens de naistre
Apres les avoir conceus;
Par ceste honorable marque
On triomphe de la Parque,
Et qui n'est point ennobly
Du lustre de quelque ouvrage,
Sa memoire fait naufrage
Dessus le fleuve d'oubly.

Ceux que le repos caresse
Et que sa douceur endort
Dans une lasche paresse,
Ne surmontent point la mort:
Dés qu'ils vont dedans la biere
Et qu'ils perdent la lumiere
De nostre commun flambeau,
Leur memoire qu'on oublie
Nous paroist ensevelie
Avec eux dans le tombeau.

Mais toy dont la solitude
Ne s'ayme qu'a travailler,
Et qui cherissant l'estude
Ne se lasse de veiller,
Tu vivras, & ie m'apreste
A te mettre sur la teste
Un Laurier plus glorieux
Que la pourpre, & que n'est mesme
Le superbe Diademe
D'un Prince victorieux.

Vn iour ma Muse faconde
Estonnera l'Univers,
Et fera le tour du monde
Dessus l'aisle de mes vers:
Alors on verra décrite
La gloire de ton merite,

Et ie ſonneray pour toy
Si doucement de ma Lyre,
Qu'on ſera contraint de dire
Qu'Horace revit en moy.
     Avant qu'on voye en javelle
Six fois tomber les moiſſons,
Et que le froid renouvelle
Six fois le temps des glaçons,
De ſi divines merveilles
Naiſtront de mes longues veilles,
Que tous ceux qu'on oyt chanter,
Par vn accord volontaire
Seront contents de ſe taire
Seulement pour m'écouter.

A. P. B.

## LES SOVRCES

# LES
# SOVRCES
## DE L'ELEGANCE
### FRANÇOISE:

#### OV

## DV DROIT ET NAIF
### VSAGE DES PRINCIPALES
parties du parler François.

---

### DE L'EFFICACE ET PRO-
prieté des Articles.

A langue Françoise a seulement deux Articles, qui sont le, & la; le premier desquels est pour les noms masculins, & l'autre pour les feminins. Tous deux ont vn mesme pluriel, qui est les, & semblent auoir esté

A

pris des pronoms demonstratifs des Latins,
*Ille*, & *Illa*. Aussi ont-ils quasi semblable
pouvoir à demonstrer la chose signifiée,
laquelle ils designent auec pareille force &
grace que les articles des Grecs ; & valent
bien souuant autant que le pronom de-
monstratif *ce*, ou *celle*. Car nous vsons des
articles deuant les noms substantifs qui sont
communs, pour designer en particulier, &
d'vne façon plus expresse & manifeste ce
dequoy l'on parle: comme quand on dict ;
*Au commencement Dieu crea le ciel & la*
*terre, & forma l'homme à son image & sem-*
*blance.* Où nous voyons que les articles
demonstrent auec certaine grace, ce ciel
qui nous enuironne, celle terre qui nous
soustient, cest homme pour lequel le mõ-
de fut faict. Et de mesme, quand nous disons, *Le Soleil, la Lune, les Astres, sont ou-*
*vrage des mains de Dieu*: où les articles ont
certaine force demonstratiue, & vallent
autant comme, ce Soleil singulier qui nous
esclaire, celle Lune, & ces Astres qui luy-
sent au Firmament. Et certes qui voudroit
obmettre en cest endroict les articles, par-
leroit mal ; jaçoit qu'on ne puisse nier que
nous n'vsions aucunesfois des articles par
ornement, & pour donner seulement plus

*Les arti-*
*cles fran-*
*çois sont*
*comme de-*
*mõstratifs*
*de la cho-*
*se.*

*Et sont*
*mis à ceste*
*fin deuāt*
*les noms*
*substātifs*
*communs.*

*Biē qu'ils*
*ne seruent*
*aucunes-*
*fois que*
*d'ornemēt*
*simple.*

de grace à noſtre langage, à la maniere des
Grecs. Comme dans Amiot en l'opuſcule,
Quels aninimaux ſont les plus aduiſez; *Il ne*
*fut pas traicté à bon eſcient, d'autant que c'eſtoit*
*à la table.* Il eut peu dire, *à table,* obmet-
tant l'article *la,* ſans rien alterer du ſens,
toutesfois il a voulu vſer de l'article, par
ornement. Et plus bas encore; *Et ne nous a*
*point la nature priués de grandeur de bras, &*
*de corps*; où l'article *la,* a eſté mis deuant
*nature,* par ornement, ſans neceſſité: car il
y eſt au reſte inutile pour le regard du ſens,
& pouvoit eſtre obmis ſans mal parler.

Le propre office doncques de nos articles giſt à denoter quelque choſe de certain & particulier, ſoit que le nom avant
lequel ils ſont mis, ſuiue le verbe duquel il
eſt gouverné: comme dans Belleau en l'v-
ne des Odes qu'il a tournées d'Anacreon,

*Ils ſer-*
*uent pro-*
*prement à*
*denoter*
*quelque*
*choſe de*
*certain &*
*particu-*
*lier.*

> *Nature a donné aux Toreaux*
> *La corne, & le vol aux oiſeaux,*
> *L'ongle au Cheual, & la viteſſe*
> *Aux Lievres.* ———

Qui eſt comme s'il euſt dict; celle corne
qui leur ſert d'armes, ce vol qui leur eſt peculier, &c. Soit que le nom precede le verbe, comme dans Ronſard en l'Ode 13. du
quatrieſme livre,

*Les espics sont à Cerés,*
*Aux Dieux bouquins les Forests,*
*A Chlore l'herbe nouvelle:*

où l'article semblablement monstre d'vne
façon plus certaine ce dequoy l'on parle.
Et de là est qu'il nous sert encore au vo-
catif: comme quand on diĉt, *l'homme ve-*
*nés çà: escoutez l'hostesse*: designant certain
homme, & certaine hostesse à qui nous
parlons.

*Sont aussi*
*par fois*
*vsurpés de*
*uant les*
*noms ad-*
*iectifs.*

    L'on vse aussi par fois des articles deuant
les noms adiectifs, mesmement quand ils
sont cōjoincts à des noms propres: comme
*Alexandre le grand, Clodion le Cheuelu, Phi-*
*lipe le Sage,* & autres semblables: où l'article *le,* denotte en particulier certaines personnes, lesquelles sont designées & reco-
gneües par telles appellations. Aucunesfois
nous y sous-entendons certain substantif,
lequel n'est point exprimé: comme quand
on diĉt, *o le perdu, ô la folle, voila le braue*:
où il faut sous entendre le mot d'homme,
de femme, de capitaine, ou autre semblable substantif. Car les articles ne sont pas
seulement demonstratifs de la chose signifiée, mais encore ont-ils cela de propre, que
pour mieux designer ce dequoy l'on parle,
ils viennent à determiner & retraindre

*Determi-*
*nent &*
*restrei-*
*gnent la*
*commune*

à quelque chose de certain, la commune signifiance des noms au devant desquels ils sont mis. Amiot au traicté, Si l'homme d'aâge se doit mesler des affaires publiques : *Pour la mesme raison l'oracle d'Apollo Pythique, appella le conseil qui fust adjoint aux Roys en l'institution du gouvernement de Lacedemone, les Anciens & Lycurgus mesme tout ouvertement les appella les Vieillards : & jusques aujourd'huy le conseil de Rome s'appelle le Senat, comme qui diroit l'assemblée des Vieillards.* Il a icy preposé l'article, disant, *Les anciens, les Vieillards le Senat,* auecques bien plus de grace & de force, que s'il eur dict simplement, *Anciens, vieillards, & Senat,* sans y apposer aucun article : parce que les articles restraignent la commune signification de tels noms, & font qu'ils denotent en ce lieu, non pas toute sorte d'hommes anciens, ne toute assemblée de vieillards, mais bien ceux en particulier qui avoient à gouverner les affaires du peuple de Lacedemone, & de la ville de Rome. En quoy paroit principallement l'efficace & proprieté des articles, & le droict office d'iceux.

Nous vsons semblablement des articles devant les comparatifs *meilleur, pire, plus,*

A 3

moins, &c. pour deſigner en particulier
celle que nous voulons des choſes qui ſont
comparées : comme, *c'eſt bien le meilleur, ou*
*le pire : le plus, ou le moins, &c.* Amiot, Comment il faut lire les Poë es ; *En quoy conſiſte*
*le plus grand esbahiſſement ; & dont procede*
*le plus de plaiſir :* pour, le plus grand plaiſir.
Ils ſont auſſi mis devant les pronoms poſ-
ſeſſifs, *mien, tien, ſien, noſtre, voſtre,* &
le relatif *quel :* & pareillement devant *meſ-*
*me,* pour touſiours mieux deſigner & denoter en particulier ce dequoy l'on parle.

*Force &*
*propriété*
*de l'arti-*
*cle le, de-*
*vant les*
*infinitifs*
*prenans na-*
*ture de*
*Nom.*     Si ne ſervent pas ſeulement les articles
en noſtre langue à determiner à quelque
choſe de particulier & certain, la commune ſignifiance des noms : car nous vſons
encore fort elegamment de l'article *le*, ne
plus ne moins que les Grecs de l'article τ`ο
devant les verbes infinitifs, quand ils prenent nature de nom : comme és exemples
ſuivans.

    *L'aimer, le haïr, le boire, & manger, le joüer :*
pour, l'amitié, la haine, l'œuvre de boire,
& manger, ou joüer. Amiot, De l'amitié
fraternelle : *Tellement que ny le boire & man-*
*ger, ny le joüer ny paſſer les jours tous entiers*
*enſemble, n'ont pas tant d'efficace à contenir la*
*concorde & bien vueillance des freres, comme*

le hair & l'aimer de mesmes personnes.

L'auoir esté nourry : pour, la nourriture que l'on a prise. Amiot au traicté, Comment il faut nourrir les enfans : *Et non sans grande raison certes : car l'auoir esté nourris ensemble est comme vn lien qui estraint, ou vn tour qui roidit la bien-vueillance.*

L'esmerveiller : l'action de celuy qui s'esmerveille. Amiot, Comment il faut ouyr, *Or est l'esmerveiller & admirer, contraire au mespriser, signe d'vne plus douce & plus equitable nature.*

L'estre affable; pour, l'affabilité. Amiot, Comment il faut lire les Poëtes : *Et monstrant qu'il estime que l'estre affable aux hommes, & parler gracieusement à tout le monde se faict par science, & avec discours de raison.*

Le faire bien à autruy : l'action de celuy qui faict bié, Amiot; Qu'il faut qu'vn Philosophe converse auec les Princes : *Le faire bien à autruy est chose non seulement plus honneste, que le recevoir bien d'autruy, mais encore plus plaisante.*

Le japer; l'abboyement. Ronsard au 1. livre des Odes:

*Ils n'ont point le japer si beau,*
*Que leur caquet te force à croire,*
*Qu'vn blanc habit orne vn corbeau.*

A 4

*Le mentir* : le mensonge. Amiot, Comment il faut nourrir les enfans: *Pource que le mentir est vice seruil, digne d'estre de tous hay.*

*Le non appeter* : pour l'action contraire au desir. Amiot, Comment il faut lire les Poëtes : *Æschilus aussi met en ligne de sagesse le non appeter d'estre veu, ny passionné de conuoitise de gloire, & se souble ver par les loüanges d'vne commune.*

* *Le non pouvoir* : l'impuissance. Amiot, Si l'homme d'aâge se doit mesler, &c. *Il rencontra des petits garçons en son chemin, ausquels il demanda s'ils sçauoient rien plus fort que la Necessité d'obeir à son Maistre, ils luy respondirent, le non pouvoir.*

*Le non s'estre jetté* : l'action de celuy qui s'est retenu. Amiot, Si l'homme d'aâge, &c. *La circonspection retenuë, & la prudence, & le non s'estre jetté à l'estourdie au maniement des affaires.*

*Le paistre* : pour, la pasture, l'action de celuy qui paist. Du Bellay en son recueil de Poësie:

    *Les bas tropeaux en ont laissé le paistre.*

*Le parler hautainement* : les propos hautains. Amiot, Comment il faut lire les Poëtes: *Et au contraire l'aduertira de fuir l'orgueil, & l'outrecuidance, & le parler hautainement de soy.*

*Le pinceter* : l'action de celuy qui pince souvent. Du-Bellay en son recueil de Poë-fie :

> *Le pinceter d'vne corde,*
> *ou sçauoir quel ton accorde.*

*Le trembler* pour le tremblement, ou mouvement tremblant. Ronsard au 3. de la Franciade :

> ——————— *& mariant sa vois*
> *Au luth poussé du trembler de ses doits :*

car l'article *le* est icy compris & conjoint avec la preposition *de.*

*Le viure doucemēt* la vie douce. Amiot, Du vice & de la vertu: *Le viure doucemēt & io-yeusemēt ne procede point du dehors de l'hōme.*

C'est article faict semblablement que les participes devant lesquels il est mis, ont force de nom. Ainsi disons nous, *l'amant* pour l'amoureux, ou l'amy. Amiot, De la vertu morale *Et voyons que l'amant ne cesse point d'aimer, encore qu'en son entendement il discoure & iuge qu'il se faille despartir de l'a-mour.* Et Du-Bellay en ses Sonnets,

> *Voicy le iour que l'eternel amant.*

*Le disant :* celuy qui parle, & qui dict. Amiot, Comment il faut ouy. *Car ceux qui distrayent le disant à autres suiects, & autres argumens.*

*Deuant les Participes.*

A 5

*Le lisant: pour, le lecteur, celuy qui lit.*
Amiot, *Comment il faut lire les Poëtes:*
*L'imitatiõ delecte le lisant, d'autant qu'elle tient*
*du vray semblable.* Et plus bas, *Les diverses*
*mutations sont celles qui donnent aux fables la*
*force de passionner les lisans.*

*Le recitant: celuy qui recite.* Amiot,
*Comment il faut ouyr: s'ils se trouvent pre-*
*sans à ouyr raconter l'orde de quelque festin, ou*
*d'vne monstre, ou vn songe, ou vn debat &*
*querelle que le recitant aura eu contre vn*
*autre.*

**Devant les noms adiectifs.** Davantage l'article *le*, a cela de propre,
que le nom adiectif auquel il est preposé est
pris aucunesfois pour substantif, comme
en ces façons de parler.

*Le beau du jour:* pour la beauté, ce qu'il
y a de beau & d'agreable. Du-Bellay au
13. Sonnet de l'honneste amour:

*Pour embellir le beau de nostre jour.*

*Le clair des ruisseaux:* pour, la clarté, ce
qu'il y a de clair, & de net. Ronsard au 1.
livre des Odes.

*Qui souilloient, comme pour ceux,*
*souiller le clair des ruisseaux:*

*Le creux de la mer:* pour, la profondité
creuse. Ronsard au 1. livre des Odes:

————— *qui ja sonder*

*Le creux du plus humide espace,*
*Qu'à coup de bras elle fendoit.*

*Le faux*; pour, la fausseté. Ronsard au
1. des Odes.

*Faisant par le faux croire*
*Qu'on voit la verité.*

*Le mort & le vif*: ce qu'il y a de mort
ou de vif; la mesme vie, ou la mort. Du-
Bellay au 1. Sonnet de l'honneste amour:

*Mieux figurant le mort de sa vigueur,*
*Qu'imaginant le vif de sa pointure.*

*Le mortel, le corruptible, le corporel, le rai-*
*sonnable*: pource qui est mortel, corruptible & raisonnable. Amiot, en l'opuscule,
Quels animaux sont le plus aduisés: *Comme*
*le mortel est opposite à l'immortel, & le cor-*
*ruptible à l'incorruptible, & le corporel à l'in-*
*corporel, aussi faut il confesser que le raisonna-*
*ble est opposite à l'irraisonnable, & que si l'vn*
*est en estre, l'autre y doit estre aussi, & que*
*ceste couple de côtraires entre tant d'autres, n'e-*
*stoit pas seule defectueuse ny imparfaicte.*

*Le mouvant du sable*: pour le mouvement & agitation. Remy Belleau en sa
Bergerie:

*Imprimât ses regrets sur le mouvant du sable.*

*Le naif de ses graces*: pour la naïveté.
Ronsard au 1. livre de ses Odes,

A 6

Tout esgayé de voir peint
Dedans les traicts de leur teint
Le naif des graces sienes

Le noir du plumage, pour, la noirceur,
ce qu'il y a de noir. Ronsard au 4. de la
Franciade :

Coup dessus coup les aisles secoüant,
Et herissant le noir de son plumage.

L'obscur, & le veritable : pour, l'obscu-
rité, & la verité. Du Bellay au 6. de l'Æ-
neide :

Envelopant l'obscur au veritable.

Le parfaict de leurs traicts : pour, la perfe-
ction. Ronsard au 5. des Odes :

Les tableaux si bien portraicts,
Que la nature se mire,
Dans le parfaict de leurs traicts.

Le plain d'vne campaigne : pour, la plaine.
Du Bellay en son recueil de Poësie :

Et le cours du torrent tombât de la môtaigne,
S'allente quelque fois au plain de la capaigne.

Le sacre : pour, la chose sacrée : le sainct
Sacrifice de la Messe : à l'imitation des Latins qui disent, *sacrum audire, sacrum facere*:
pour, ouyr la saincte Messe, celebrer la
Messe. Ronsard au 4. de la Franciade :

Le sacre faict, l'hostie estant rompuë,
Et despartie à la troupe, repuë

*Du vray sainct Pain.* ————

*Le secret des rivages:* pour, vn lieu separé
& reculé. Ronsard au 5. des Odes:

> *Ou entre les forests sauuages,*
> *Ou par le secret des rivages.*

*Le serain de mon jour:* pour, la serenité.
Du-Bellay en son Olive:

> *Oses-tu bien, ô charongne puante,*
> *Empoisonner le serain de mon jour?*

*Le vague de l'air:* le vuide, ce qu'il y a
de vague, & de vuide. Ronsard au 5. des
Odes:

> *Lors en terre volá le guide*
> *Et elles d'ordre le suivans,*
> *Fendoient le grand vague liquide,*
> *Hautes sur les aisles du vent.*

*Le vain:* pour, la chose vaine, ce qui n'a
rien de la verité. Ronsard au 1. de la Franciade:

> *Ie le sauvay de l'espée homicide,*
> *Le vain sans plus fut proye d'Æacide:*

c'est à dire, la vaine representation,& feint
simulacre. Et en ses Elegies:

> *En lieu d'vn ferme corps, n'en sortoit que du*
> *vain.* Car *du,* contient icy l'article *le,* com-

me il sera dict cy apres.

*Le vif de la memoire:* ce qu'il y a de vif:
la vie. Du Bellay en son recueil de Poësie.

*Sur le marbre des cieux.*
*Engraveront trop mieux,*
*Le vif de ta memoire.*

*L'vtile, & le doux* : l'vtilité, & la douceur. Du Bellay en ses jeux rustiques :

*Bien heureux celuy qui assemble*
*L'vtile, & le doux tout ensemble.*

A l'imitation d'Horace :

*Qui miscuit vtile dulci.*

Le, mis devant les adverbes prenans nature de nom.

L'on vse encore fort proprement de l'article *le*, devant les adverbes, quand ils prennent nature de nom, à l'imitation pareillement des Grecs, qui se seruent ainsi de leur τ : comme par exemple en ces façons de parler.

*Le beaucoup* : pour, l'abondance & multitude : la longueur ou grandeur de quelque chose. Amiot, Si l'homme d'aâge se doit encore entremettre des affaires publiques : *Si nous ne voulons pour ce peu de temps qui nous reste à viure, diffamer le beaucoup que nous auons desia vescu.*

*Le mieux* : pour, le meilleur. Ronsard, au 3. liure des Odes :

——————— *En qui les cieux,*
*Ont renuersé tout le mieux,*
*De leur influance pleine.*

Deuant les prepositions.

Estant mis aussi devant certaines prepo-

sitions, il faict quelles devienent noms,
comme, *le deuant, le derriere, le dehors, &c.*

*Le, la, les,* ont encore cela de particulier
qu'ils sont par fois relatifs, quand ils precedent immediatement le verbe : & lors ils
sont vrays pronoms, & non articles, parce
qu'ils sont sans suite de noms & pronoms,
& ont mesme force que les pronoms *La-*
*tins, ille,* & *illa.* Mais *le,* a cela de peculier,
qu'il est relatif de tout nombre & genre:
comme quand on dict, *il est vieil, tu le seras,*
*elle le sera*: & au pluriel, *nous le serons, ils le*
*seront, elles le seront.*

*Le, la, les, sont quelques fois pronoms rela-tifs.*

Ils sont aussi pronoms relatifs quand ils
suivent immediatement les verbes de commandement ou exhortation, sans estre sui-
vis d'aucun nom : comme, *C'est nostre mai-*
*stre, aimons-le, oyons-le.*

De ce qui a esté deduit jusques icy, touchant la force & proprieté des articles, &
le droict vsage d'iceux, nous pouvons colliger deux regles qui sont à noter. La premiere est, que les articles ne sont jamais
mis avant les noms propres: car l'on ne dit
pas, *le Iean, la Marie*: parce que le nom
propre de soy, designe assez la personne,
sans qu'il soit besoin d'article. Que si nous
disons, *le Rosne, la Seine, le Languedoc, la*

*Les arti-cles ne sōt jamais mis deuant les noms pro-pres.*

Champaigne, c'est pour ce que nous sous-
entendons icy les noms de fleuve, ou riviere; de pays ou de Province : comme qui
diroit, Le fleuve que l'on nomme Rosne,
la riviere qui est dicte Seine, le pays de
Languedoc, la Prouince de Champaigne,
& ainsi des autres. Combien que sans article nous disions aussi, *nauiguer sur Garonne estre en Picardie, loing de Prouence, & de Languedoc, &c.*

*Ne deuā les noms communs, s'ils sont pas prins absolument & en general.* La seconde regle que nous recueillons de ce que dessus, est que les articles ne sont pas tousiours preposez aux noms communs, ains doivent estre souvant obmis & laissez, tout aussi bien comme devant les noms propres. Car quand la signification des noms communs, est prinse absoluemēt, & en general, sans restrinction ne limitation, nous obmettons adonc l'article, en quel endroict de l'oraison que ce soit, & de quelque part que soit gouverné le nom, voire au commencement de la periode, &

*Suit que les noms precedent le verbe.* avant le verbe qui le regit. Comme dans Amiot, au traicté De la nourriture de enfans : *Car paresse aneantit & corrompt la bonté de nature, & diligence de bonne nourriture s'en corrige la mauuaistié.* Il a dict, paresse & diligence, sans articles, parce que tels

termes sont là pris absoluement, & en general. Et plus bas : *La noblesse est belle chose,*
*mais c'est vn bien de nos Ancestres Richesse*
*est chose precieuse, mais qui gist en la puissance*
*de Fortune, &c. Gloire est bien chose venera-*
*ble, mais incertaine & muable. Beauté est bien*
*desirable, mais de peu de durée. Santé chose*
*precieuse, mais qui se change facilement. Force*
*de corps est bien souhaitable, mais aisée à perdre,*
*ou par maladie, ou par vieillesse.* Ia fort à propos mis l'article au commencement de la
periode, avant le mot de *Noblesse,* pour designer seulement la noblesse du sang & de
l'extraction: mais il l'a obmis aussi peu apres
fort elegamment, devant les noms de *Ri-*
*chesse, gloire, beauté, santé, force,* quoy que
chascun d'eux commence la periode, pource que l'article eut determiné leur signifia-
ce à quelque chose de singulier, qui eust
peu rendre le sens douteux, n'estant point
au rement designé : là où l'auteur a voulu
monstrer simplement & absoluement que
c'est de richesse, de gloire, de beauté, de
santé, & de force de corps en general, sans
s'atacher à determiner en particulier son
propos, plustost à cecy qu'à cela. Ronsard
en vse de mesme en plusieurs lieux, comme au 3. de la Franciade :

*Robes, maisons, & bagues bien ouvrées,*
*A force d'or sont tousiours recouvrées.*

Autant en est-il quand les noms com=
muns pris simplement & absoluement
(comme dict est) suivent le verbe duquel
ils sont gouvernés, quel qu'il soit, ou substantifs ou actif : car alors nous n'vsons
point d'article, non plus que quand le nom
precede le verbe. Amiot au traicté, Comment il faut nourrir les enfans : *Le repos est*
*comme la sauce du travail, ce qui se voit non*
*seulement és choses qui ont sentiment & ame.*
Il a dict, sentiment & ame, sans article,
purement & simplement. Et en l'instruction pour ceux qui manient affaires d'E-
stat: *Ceux d'Agrigente apres qu'ils furent de-*
*livrés du Tyran Phalaris, firent vne ordonnan-*
*ce, que de-là en avant il ne fut loisible à aucun*
*de porter robe de couleur bleüe :* où il dict
generalement, *porter robe.* Et au traicté,
Des regles & preceptes de santé : *Car peu*
*apres il luy survient vne fievre, ou vn mal de*
*teste, avec vn esblouyssement d'yeux, qui le*
*constraint de quitter & abandonner livres, let-*
*tres, & estudes.* Il n'a point icy preposé l'article, parce qu'il parle des livres & lettres
absoluement & en general. Ainsi disons
nous encore, *se donner peine,* sans article ne

preposition. Amiot, Ez dicts notables des anciens Roys : *Il leur commanda qu'ils ne se meslassent point de tant de choses, mais seulement qu'ils se donnassent peine que leurs espées fussent bien affilées, & bien pointues, & que luy prouoiroit au demeurant.* De là est que le nominatif n'a point d'article en ces façōs de parler: *y a-il homme qui ne die choses grandes de la vertu? Est-il femme plus miserable que celle qui faict marchandise de son corps?* Et de mesme encore: *Il n'y a fruict plus aggreable, &c. Il n'est plante plus raportante, &c. N'y a-il ouvrier qui vueille entreprendre telle besoigne?* En toutes lesquelles locutions & autres semblables, qui sont generales & vniuerselles, l'article est obmis devant les nominatifs, *homme, femme, fruit, plante, ouvrier, &c.* Pource qu'ils sont pris indeterminéément & en general.

Que si le nom commun est gouverné par quelque preposition, estant pris generalement & absoluëment, il est aussi sans article. Comme apres la preposition *A* dans Amiot, au traicté, De la vertu morale: *La raison contemple l'vn & l'autre, mais le premier genre des choses qui sont absoluëmēt, appartient à science & à contemplation, comme son object. Le second des choses qui sont relati-*

Soit qu'ils soiēt regis par quelque preposition; cā me A.

vement, eu esgard à nous, appartient à consul-
tation & action : & la vertu de celuy-là, est
sapience, la vertu de cestuy-cy, prudence. Et au
traitté, Comment il faut nourrir les enfans:
Lesquels par ignorance, ou à faute d'experiance,
commettent leurs enfans à maistres dignes d'e-
stre repreuvés.

*De.* Et semblablement apres la preposition
De. Amiot au traicté, des regles & preceptes de santé : *Au reste quant aux inconve-
niens procedans de chicheté, ou d'avarice &
ardeur de gaigner.* Il n'a pas dict, *de la chicheté, ou de l'avarice* : ains a obmis l'article
comme inutile, ou plustost nuisible en ce
lieu. Comme pareillement au traicté, de
la nourriture des enfans : *Aussi faut-il en
jeunesse se garnir de temperance, sobrieté, &
continence.* Et plus bas : *Car ce sont comme les
deux elemens, & fondemens de la vertu, l'es-
poir de prix, & la crainte de peine.* Il n'a pas
dict, du prix & de la peine, ains simplement mêt
& absoluëment de prix & de peine, sans
article. Et de mesme au traicté, du vice &
de la vertu : *ils sont bien aises, & ont à plaisir de manger du pain tout sec, avec un peu de
fourmage, ou un peu de cresson.*

*De, ou pareille.* Mais il faut icy noter en passant, que
pour designer quelque chose en particulier

par l'article, apres l'vne de ces deux prepo *force que les propo-* fitions *A*, & *De*, l'on n'vfe jamais de l'ar- *fitions A,* ticle *Le*, devant les noms qui commencent *De,* par vne confonante, ny du pleuriel *Les, avec l'ar- ticle Le.* devant aucune forte de noms : mais l'on à deux autres dictions dont on vfe adonc, qui font pour le fingulier *Au* & *Du*, & pour le pluriel *Aux* & *Des*: lefquelles feruent de prepofition & d'article, & font l'vn & l'autre enfemble, comme eftans compo-fées de tous les deux. Car *Au* eft faict par contraction de la propofition *A*, & de l'article *Le*, comme qui diroit *Al*, mot vfi-té en Languedoc : puis changeant la lettre *L* en *V*, comme il arriue fouuent és di-ctions terminées en *L*, on dict *Au*, & au pleuriel *Aux*. Et de mefme *Du*, eft com-pofé de la prepofition *De*, & de l'article *Le*, comme qui diroit par contraction *Del* au fingulier, & *Dels* au pluriel, en rejettant la voyelle *E* : puis changeant, comme def-fus *L*, en *V*, ou la rejettant de tout, l'on faict *Du* pour le fingulier, & *Des*, qui fert au pluriel. Tellemét que ces deux dictions *Au* & *Du*, ont pareille force & pouvoir que les prepofitions *A*, & *De*, conjointes à l'article *Le* : mais l'on ne s'en fert au fin-gulier finon quand le mot qui vient apres, commence par vne consonnante , ainsi qu'il a esté dict cy dessus : comme par exemple, *Aller au Palais , revenir du Chasteau, &c.* Car si le nom ensuivant commence par vne voyelle, l'on vse pour lors avec apostrophe de l'article *Le* , apres ces deux prepositions *A & De* , pour denoter quelque chose de certain & particulier : Comme *Aller à l'esbat: sortir de l'estude, &c.* Quant à l'article feminin *La* , il est mis indifferemment apres ces deux prepositions *A & De* , devant toute sorte de noms feminins , de quelque façon qu'ils commencent, soit par consonne, soit par voyelle, si l'on veut particulierement designer quelque chose de certain : comme , *Aller à la Cour : se lascher à l'incontinence ; Revenir gay de la chasse : estre accablé de l'envie.*

Au pluriel s'il faut denoter quelque chose de certain & determiné, l'on vse par tout indifferemment de ces deux dictions, *Aux & Des* , devant tout genre de noms, & en quelque maniere qu'ils commencent: comme, *S'adresser aux Roys; Parler aux Roynes, aux Empereurs , aux Imperatrices : s'esloigner des cours & Palais : loger prez des Estudes, &c.*

Quant doncques nous ne voulons rien designer en particulier, nous obmettrons les

articles apres les prepofitions *A* & *De* , &
n'vfons poinct par confequent des dictions
*Au* & *Du*, *Aux* & *Des*, parcequ'elles con-
tiennent l'article, lequel doit eftre lors obmis tout auffi bien au pleuriel qu'au fingulier : comme en ces manieres de parler,
*obeir à hommes si impieux & malins : ennemy
de procez & de plaids; exept de fubfides & de
tailles.* Et de mefme és locutions fuivantes:

*S'adonner à bains & feftins* : fans determiner quels bains & feftins. Amiot, Si
l'homme d'aage fe doit encore entremettre
des affaires publiques: *Lequel apres fes guer-
res & conduites d'armes , s'eftoit adonné à
bains, eftuves, feftins, à entretenir femmes, &
faire l'amour fur jour?* Il a dict generalement, à bains, &c.

*Loin de charges & d'affaires*: c'eft à dire, de
toutes charges en general. Amiot, Du vice
& de la vertu: *N'aymat pas moins la vie privée
& retirée, loin de charges & d'affaires.* Il n'a
pas dit, *Des charges, & des affaires,* parce que
*des* reftreindroit ce qui eft dict en general.

Telles font auffi ces autres façons de
parler, où *Des* eft pareillement obmis fort
elegamment, pour mefme raifon.

*Attenter chofes impoffibles* : Amiot, de la
tranquillité de l'ame : *Mais bien faut il qu'il*

*condamne sa propre temerité & folie, de vou-loir attenter choses impossibles.*

*Battre valets: Amiot, De la mansuetude: Voir battre valets,danser & injurier sa femme.*

*Ce sont meschants hommes: Amiot, de la mauvaise honte: Mais nous bien fort souvent cognoissans que ce sont meschans qui nous requierent.*

*Ce sont basses & communes gens: Amiot, de la mansuetude: Mais si ce sont basses & communes gens, &c.*

*Despecher, ou desmesler affaires: Amiot, Si l'homme d'aâge se doit mesler des affaires publiques: Aussi veux-je inferer que c'est vne chose venerable que de voir vn vieillard parlant en public,despechant affaires, honoré d'vn chacun. Et vn peu plus bas: Ayant toûsiours besoin de quelque exercitation de soing qui luy resveille l'esprit, aguise & esclarcisse son discours de raison à demesler affaires.*

*Donner exemples & enseignemens: Amiot, de la nourriture des enfans: Tu nous a vois promis de donner exemples & preceptes, comment il faut nourrir les enfans de libre condition, & puis on voit que tu delaisses l'institution des pauvres & populaires, & ne donnes enseignemens, que pour les nobles, & pour les riches seulemens.*

*Loger*

*Loger en belles maiſons* : Amiot, Du vice
& de la vertu ; *Cela meſme eſtant és choſes*
*humaines trompe beaucoup de gens*, leſquels
*penſent s'ils ſont logez en belles & grandes*
*maiſons, s'ils poſſedent grand nombre d'eſcla-*
*ves, &c.*

*Picquer Chevaux* : Amiot, Que la vertu ſe
peut enſeigner : *Qui diroit qu'il y auroit de*
*l'art à tirer de l'arc, à eſcrimer, à ruer de la*
*fonde, & à picquer chevaux.*

*Precipiter en infinies calamités* : Amiot, De
la nourriture des enfans : *Qui par l'intempe-*
*rance de leur langue, ſe ſont precipités en infi-*
*nies calamités.*

*Proferer paroles indignes* : Amiot, De la
manſuetude ; *Eſtant orde ou aſpre, & desbri-*
*dée à proferer paroles indignes.*

*Raconter innumerables exemples* : Amiot,
De la nourriture des enfans ; *J'ay ſouvenan-*
*ce d'avoir ouy raconter innumerables exemples*
*d'hommes.*

*Avoir eſcholes, maiſtres, & preceptes* : Amiot,
Que la vertu ſe peut enſeigner ; *Ne ſeroit-ce*
*pas tout autant, comme qui diroit, que raiſon-*
*nablement il y auroit eſcholes, maiſtres, &*
*preceptes de petites & pueriles choſes, &c.*

Nous n'uſons point d'article non plus,
apres les autres prepoſitions, ſi les noms

B

gouvernés par elles sont pris absoluëme:
& en general : comme entre autres , apres
celles cy ;

*Avec.*    *Avec* : Amiot, De la nourriture des enfans : *Et de cela ne se faut-il pas esmerveiller,*
*veu qu'avec soing & diligence l'on apprivoise,*
*& rend-on domestiques les plus sauvages, &*
*les plus cruelles bestes du monde.*

*Contre.*    *Contre* : Amiot, De la nourriture des enfans : *Tellement que ce qui est contre nature*
*changé par force & labeur , devient plus fort*
*que ce qui estoit selon nature.*

*En.*    *En* : Amiot, au traicté, Si l'homme d'aâge
se doit mesler, &c. *Estant en fleur d'aâge, &*
*fort robuste de sa personne.*

*Entre.*    *Entre* : Amiot. E regles & preceptes de
santé : *Le repos qui est mestoyen entre plaisir*
*& desplaisir.*

*Par.*
*Par bonne*
*nourritu-*
*re.*    *Par* : Amiot, De la nourriture des enfans:
*Estans secourus par bonne nourriture & exer-*
*citation à la vertu.* Et plus bas : *Ceux qui*
*Par soin* *sont nonchalans ne peuvent pas trouver les cho-*
*& dili-* *ses mesmes qui sont faciles , & au contraire par*
*gence.* *soing & diligence l'on vient à bout de trouver*
*les plus difficiles.* Et au traicté, De la vertu
*Par lar-* morale : *Mais quand estans convaincus par*
*mes.* *larmes qu'ils espendent, par tremblemens de*
*Par trem-* *leurs membres, par changement de couleur.*
*blemens,*
*Par chã-*
*gement.*

soubs : amiots. De la nourriture des enfans. C'est ce que Pythagoras commandoit ex-
pressement en ses preceptes Ænigmatiques,
soubs paroles couvertes. Et ainsi des autres.

Concluons donc ce petit discours en
deux mots, & disons, que pour parler en
general de quelque chose, sans déterminer
nostre propos à rien de particulier, nous
lairrons l'article, & drons par exemple : *Ie*
*congnoy homme qui a esté trois jours sans man-*
*ger.* Mais si nous voulons designer en particulier certain homme, duquel nous entendons parler, nous y adjousterons l'article,
disans : *Ie congnoy l'homme qui a passé trois*
*jours sans manger.* Et c'est en quoy consiste
le propre office & droict vsage de nos articles.

# DV DROICT VSAGE
## DES PREPOSITIONS
### FRANÇOISES:

*D'où les plus naïfues & plus elegantes façons*
*de parler dependent.*

Repofitions font certains
mots & vocables, qui ne
font bien fouuent que d'vne
fyllabe, aucunesfois de deux,
& bien rarement de trois.
Elles font appellées prepofi-
tions, parce que leur propre eft d'eftre pre-
pofées, & mifes au devant des autres parties d'oraifon, foit par appofition fimple,
foit par compofition. Or noftre langue
Françoife ne variant pas, comme la Grecque & Latine, les droicts noms & appellations des chofes, par diverfes terminaifons,
lefquelles on nomme cheutes, ou cas,
pource qu'elles viennent à defchoir du
droict nom & appellation de la chofe: elle
represente telle declinaifon & varieté de

cas ou cheutes par les prepositions *A au aux De,*
*du, des.* De la proprieté de quelles, & de quelques autres aussi qui ne sont pas de moindre efficace, nous avõs delibéré Dieu aydant, de traicter
par ordre, à fin de faire voir à plusieurs en quoy
gist principalement l'elegance de nostre langue.
Car c'est chose toute certaine que la principalle
grace & naïueté du parler François, depend
de la force de ces petites prepositions, & du droit
vsage d'icelles, ainsi qu'il apparoistra cy apres.
Mais auant que passer plus outre, il faut icy remarquer ce que nous auons autre part noté, à
sçauoir que *A, au aux,* ne sont pas trois diuerses prepositions, ains vne seule, qui est *A* car
*Au* pour le singulier, & *Aux* au pluriel, sont
composez de la preposition *A,* & de l'article *Le,*
ou *Les* par contraction, comme qui diroit *al,* &
*als,* a la façon des Prouançeaux & des Tolosains:
puis changeant la lettre *L,* en *V,* à la Françoise,
nous disons *au,* & *aux.* Comme aussi *de, du, des,*
ne sont pas trois diuerses prepositions, ains vne
mesme, qui est *de,* parce que *du,* & *des,* sont pareillement faicts par contraction de la preposition *de,* & de l'article *le,* au singulier, & *les* au
plurier, comme qui diroit *del,* & *dels,* en changeant comme dessus la lettre *L,* en *V.* Mais à tant
cela suffise pour le present.

B 3

# DE LA PREPOSITION A,

*Seruant aux verbes de mouuement, auec pareille force & vertu que la prepofition des Latins Ad, regiffant vn accufatif.*

## CHAPITRE I.

A Qui eft la premiere de toutes les lettres en chafque langue, & la premiere voix diftincte & articulée qui fort de la bouche de l'hôme, nous fert en François de prepofition, laquelle à trop plus d'efficace & de grace que le vulgaire n'eftime. Car en premier lieu, elle a cela de commun auec quafi tout le refte des prepofitions, qu'elle fert aux verbes de mouuement local, retenant non feulement en cecy, mais par tout ailleurs, l'vfage & proprieté de la prepofition Latine *Ad*, d'où elle defcend, laquelle gouuerne vn accufatif apres foy; la grace duquel, auec la force de la prepofition *Ad*, qui le regift, eft comprife en noftre prepofition *A*; cõme l'on verra par les exemples fuiuans, extraicts des meilleurs efcriuains & autheurs François.

*De valer à bas*: comme qui diroit, *ad bafim*, au fin fond, au pied. Amiot, En la confolation envoyée à Appollonius:

　　　　　—— *Trophime tu és homme,*
*Qui est à dire vn animal plus pront*
*A deualer soudain à bas d'amont,*
*Que pas vn autre.* ——

Et Ronsard au 4. de la Franciade:

　　*Puis la poussant, & luy pressant le pas,*
　　*La faict rouler du haut iusques à bas.*

Se leuer à mont: *quasi ad montem,* en haut. Amiot,
En l'instruction pour ceux qui manient affaires
d'estat: *Car tout ainsi que le lierre s'entortille à l'en-*
*tour des arbres plus puissants que luy, & se leue à*
*mont quand & eux.* Et Baïf en l'Eclogue 4.

　　*Tout à l'entour de luy vne vigne rempante*
　　*Traine à mont du vaisseau mainte grappe pendante.*

Et plus bas en la mesme Eclogue: 　　(gettes,

　　*Maints amoureaux tous nuds, sans arcs, & sans sa-*
　　*Grimpans à mont les ceps de tranchantes serpettes*
　　*Coupent les rasins meurs en des petits cofins.*

Bouler, ou rouler à val: vers la valée, ou à bas:
c'est l'opposite d'à mont. Ronsard au 4. de la
Franciade:

　　　　　—— *& d'vn bruit violant,*
　　*Sans resistance, à val se va boulant.*

Tirer à fond: vers le fond. Amiot, Du banissement: *Ceux qui ne sont pas assés exercitez à plonger,*
*en cuidant secourir ceux qui se noyent, estans embras-*
*sez par eux, sont eux mesmes tirez à fond.*

　　　　　　　　　　　B　4

Nous difons auffi, *Coucher à terre : s'affeoir à table : feruir à la chambre : eftre à l'eftude : refider à Paris, &c.* Par ce que toutes les prepofitions qui denottent le lieu *auquel*, peuuent eftre pareillement conjointes au verbe fubftantif denotant fin de mouuement ; & à tous autres verbes qui font de repos, & de feule refidence. A quoy doiuent eftre rapportées ces locutions :

*Auoir bouche à cour*, & non, *en cour* : pour, auoir la nourriture à la cour & fuite de quelque Prince. Amiot, *Ez vies des dix orateurs : Soubs lefquels luy fut auffi decretée & ordonnée bouche à cour en l'hoftel de uile.* Et plus bas : *mais depuis les Atheniens ordonnerent bouche à cour à tous fes defcendants.*

*Remettre à fon lieu : Pofer à fa place :* & non, *en fon lieu, ou en fa place.* Amiot, au traicté des flateurs : *Mais quant à cela, remetons le à fon lieu propre, pour en parler plus amplement.*

Et non feulement les verbes de mouuement local, mais auffi tous autres verbes & noms qui fignifient inclination, aptitude, ou propenfion, & acheminement à quelque chofe, ou au contraire: gouuernent apres eux vn fubftantif, ou infinitif, moyennant la prepofition *à*, laquelle denotte le terme, & la fin ou tent leur motion : comme en ces manieres de parler.

*Efcrire à l'oftentation ;* efcrire pour paroiftre, &

pour eftre veu. Amiot, Comment il faut lire les
Poëtes: *Laiffant les longues narrations, confirma-*
*tions, & la multitude d'exemples à ceux qui efcrivent*
*plus à l'oftentation.*

Mettre à mefpris, ou à nonchaloir: mefprifer,
abandonner, negliger, ne te point chaloit: comme, mettre à perdition ou à fang. Amiot, Commēt
il faut nourrir les enfans: *fi pour plaire aux autres*
*ils mettent à nonchaloir l'honnefteté.* Et Baïf en vne
de fes Odes:

> *Faut-il mettre à mefpris*
> *vn don de fi grand prix?*

L'on dict auffi, Mettre en nonchaloir. Amiot
En l'inftruction pour ceux qui manient affaires
d'eftat: *Et ne mettoient point en nonchaloir d'acque-*
*rir la grace de bien dire.*

Perfecuter à mort: jufques à faire mourir. Alain
Chartier en fon Curial: *Pour preuenir les plaintes de*
*Virginius, & de Galba, qui à mort le perfecutoient.*

Recueillir, ou reduire à foy, rappeler à toy. Alain
Chartier en fon Curial: *Peut eftre qu'entre fes*
*grands confufions de penfée, tu choifiras vie folitaire,*
*& voudras recueillir à toy tes efprits occupés és chofes*
*publiques, comme homme reduit à foy mefme.*

Tourner à blafme & deshonneur: n'apporter
que blafme, fe finir & terminer en deshonneur.
Amiot, Comment il faut lire les Poëtes: *C'eſt*
*chofe qui tourne à blafme & deshonneur à celuy qui*

B 5

n'a rien de meilleur que la beauté de la face.

Tourner à l'effusion de son sang, à fin d'espancher
son sang. Alain Chartier en son Curial. Et le
glaiue tourna Neron contre soy à l'effusion de son propre sang, pour preuenir les glaiues de Virginius &
de Galba.

Vieillir à honte : vieillit pour ne receuoir à la
fin que honte & vergongne. Alain Chartier en
son Curial :

    *Et tous les jours en douleur gemissons,*
      *Pauvres, chassez, à honte vieillissons.*

Auquelles façons de parler ne conuienent
pas mal celles cy. *Conduire à heureuse fin : Redui-*
*re à neant. Ranger à tel point, & à si piteux estat.*
*surgir à bon port. Venir à bout de son entreprise, &c.*

Autant en est-il des noms verbaux, & autres
semblables, qui denotent promptitude & disposition, ou au contraire : comme és locutions suiuantes.

Mutation à recouurement de santé : qui rend à re-
couurer la santé perdue. Amiot, En l'instruction
aux hommes d'estat : *Car en vn corps naturel, ma-*
*lade, le commencement de mutation à recouurement*
*de santé ne luy vient pas des membres gastez, ny des*
*parties malades.*

Adroit à la luitte : qui a de la disposition à la
luitte, adextre & bien duit à luiter. Amiot, En
l'instruction pour ceux qui manient affaires d'E-

ſtat : *Enquis lequel eſtoit le plus adroit à la luitte, de luy, ou de Pericles.*

*Ardant à la conqueſte* : deſireux de conquerir. Ronſard au 4. de la Franciade.

*Le Roy Clovis ardant à la conqueſte.*

*Chaud à la guerre* : qui bruſle d'aller à la guerre, Ronſard au 🝗 de la Franciade :

*Chaud à la guerre, & ardent à la proye.*

*Faict à la bride* : ſouple & obeiſſant à la bride, qui eſt promt & diſpoſt à tout. Amiot, De la vertu morale : *Ne plus ne moins qu'vn animal bien dompté & bien faict à la bride, le trouvant obeiſſant en toutes cupiditez, & recevant volontairement le mors.*

*Nay à civile ſocieté* : ſociable de ſa nature : enclin à viure en compagnie & ſocieté. Amiot, De l'amour & charité naturelle : *L'homme eſtant animal ſociable, n'ay à civile ſocieté, pour obſerver les loix & la Iuſtice que la nature à mis en ce monde.*

*Nay à travail* : nay pour travailler. Alain Charier en ſon Curial :

*Chetive nature humaine,*
*Née à travail & à peine.*

*Nays à bien faire, Nays à faillir* ; Aptes & enclins à l'vn & à l'autre, au moyen du franc arbitre qui rend l'homme ployable à tout. Baïf au 2. livre de ſes Mimes ;

*Enfans d'Adam tres-tous nous ſommes,*

B 6

*Naiz à faillir, mal-heureux hommes,*
*Naiz à bien faire si voulons.*

*Nays à seruitude :* qui ont certaine aptitude &
disposition à seruir. Amiot, Ez dicts notables
des anciens Roys : *Car tous ceux-là ne sont que Sy-*
*riens, hommes nays à seruitude.*

---

## DE LA PREPOSITION A, MISE deuant tous infinitifs, apres vn nom ad-iectif. Chapitre. II.

NOus vsons encore fort elegamment de ceste
preposition *a,* deuant les verbes infinitifs,
apres vn adjectif ou participe qui va deuant elle;
ne plus ne moins que les Latins vsent de leur preposition *ad,* deuant les gerundifs terminez en
*dum.* Ainsi dʼisons nous.

*Aimable à sentir* pour, Que lʼon aime & desire
sentir. qui plaist au sentiment de lʼouye, ou outre:
car *sentir,* est parfois pris pour ouyr, à la façon
des Italiens. Amiot, au 7. livre des propos de
table, question 5.

*Dont il oit le son retentir*
*Des haubois, aimable à sentir.*
*Ardant à nommer,* desireux de nommer. Ron-
sard au 1. des Odes:

*Quelle isle descouuerte,*

Ne tient la gorge ouverte,
Ardente à te nommer.

*Clair à entendre*: qui est facilement entendu.
*Certain à tenir* que l'on peut suivre avec asseurance & certitude. Amiot, De la vertu morale:
*Ains plustost à fin que les oppinions des autres expo-*
*sées, la nostre en soit plus claire à entendre, & plus*
*certaine à tenir.*

*Dangereux à approcher*: d'où l'on ne peut approcher sans peril. Amiot, Comment on discer-
nera le flateur d'auec l'amy: *Mais celuy qui estend*
*sa curiosité, sa calomnie & sa malignité, comme le*
*poulpe faict ses branches, iusques ez chambres secre-*
*tes & cabinets des femmes, celuy-là, dis ie, est sau-*
*vage, farouche & dangereux à approcher.*

*Desbridé à mesdire, & à proferer paroles indi-*
*gnes*: pront & dissolu à mal parler. Amiot, De
la mansuetude: *Mais telle de ceux qui sont courrou-*
*cés, estant orde, ou aspre, & desbridée à proferer pa-*
*roles indignes, met dehors injure, outrage, & contu-*
*melie.*

*Doux à voir*: agreable à voir. Amiot, En la
consolation envoyé à Appollonius:

Le Soleil ne te sera pas
Doux à voir jusqu'à ton trespas.

*Dur à esmouvoir, ou à adoucir*: qui ne peut facilement estre esmeu, ou adoucy. Amiot, En l'instruction des hommes d'estat: *souple à ses supe-*

rieurs, rude & imperieux à ses subjects, tres coüard en
sa peur, tres cruel en son courroux, ferme en ce qu'il a
vne fois arresté, dur à esmouvoir à jeu, & à adoucir
d'aucune gaieté.

Endemené à se donner du plaisir: fretillãt & pront
à s'esbattre. Amiot, Comment il faut nourrir les
enfans Car ceste fleur d'aage-là ordinairement s'espar-
gne bien peu, & est fort chatouilleuse, & endemenée
à prendre tous ses plaisirs, tellement qu'elle a grand be-
soing d'vne grande & forte bride.

Facile à transmuer, & à changer: qui se change
& transmue aisément. Amiot, De la pluralité d'a-
mis. Et qui est l'homme ou si laborieux, ou si facile à
transmuer en toute façons, & à prendre tous visa-
ges, qui peut se former à tous patrons, & s'accommo-
der à tant de natures. Et plus bas: souple & facile
à changer d'vne sorte en vne autre.

Fascheux à donter: mal-aisé à donter. Ronsard
au 1. de la Franciade:

> Le peuple rude, & fascheux à donter.

Horrible à l'approcher: qui se monstre espoya-
ble quand on s'approche Ronsard au 1 des Odes:

> Il prist l'espée en la dextre,
> Le bouclier en la senestre,
> Et horrible à l'approcher,
> Esclairoit comme vne foudre.

Impossible à approcher: inaccessible, où l'on ne
peut aborder. Amiot, Comment on pourra dis-

cerner le flateur d'avec l'amy : *Au contraire des*
*places qui sont situées en hauts lieux, lesquelles en sont*
*inaccessibles, & impossibles à approcher à ceux qui les*
*cuident surprendre d'emblée.*

Inventif à trouver ; Ingenieux à inuenter ; qui
trouve & inuente sans peine. Amiot, *Comment*
*il faut ouïr ; Mais celuy qui prendra plaisir à ouyr, s'il*
*est homme de lettres, sera bien plus inuentif à trou-*
*ver tousiours dequoy loüer vn chascun de ceux qui*
*monteront en chaire pour declamer.*

Mal aisé à casser & à ruiner ; qui ne peut estre
cassé qu'à peine, & mal-aisément. Amiot, *Com-*
*ment il faut refrener la cholere ; Garde toy bien*
*d'auoir des rochers grands & qui soient mal-aisez*
*à casser, pour empescher mes ouurages. Et, Du trop*
*parler : En la boutique d'vn barbier aucuns de vi-*
*soient de la Tyrannie de Dionisius, qu'elle estoit bien*
*asseurée & aussi mal-aisée à ruiner, que le diamant*
*à rompre.*

Plaisants à ouyr, & tres-beaux à voir ; qui de-
lectent les sentimens de l'ouye, & de la veuë.
Amiot, *Comment il faut refrener la cholere ;*
*Les exemples de ceux qui se sont doucement & beni-*
*gnement comportez ez occasions de courroux sont &*
*tres-plaisans à ouyr, & tres-beaux à voir.*

Tardif à oser ; qui craint & n'ose volontiers
faire quelque chose. Amiot, *De la nourriture des*
*enfans: L'esperance les rend plus prompts à entreprendre*

toutes choses belles & loüables & la crainte les rend
tardifs à en oſer cõmettre de vilaines & reprochables.

*Triſte à entreprendre* : de la greſſle, & eñuyant
à l'entrepreneur. Alain Chartier, en ſon Curial.
*Las! d'autre part tant d'angoiſſes qui t'eſtoupent le pas:
que ce chemin eſt triſte à entreprendre, & grief à
maintenir* : c'eſt à dire, faſcheux, & malaiſé à ſui-
vre & tenir.

Aucuneſfois ceſte prepoſition *a* ioincte à tels
infinitifs, eſt precedée d'vn nom ſubſtantif : mais
l'on y doit lors ſur entendre quelqu'vn de ces adjectifs, *ſervant, ordonné, propre, conuenable*, ou autre de pareille force : & telles manieres de parler
ſont fort elegantes. Nous en auons icy recueilly
quelques vnes, qui ſont dauantage à remarquer.

*Berlanc à joüer* : ſervant à joüer. *Eſchaffaut à
repreſenter Commedies* faict & ordonné à telle ſin.
Amiot, au 1. liure des propos de table, queſtion
quatrieſme : *Il ſçaura bien ordonner, & gouuerner
vn feſtin, & ne ſouffrira point qu'on en face tantoſt
vne aſſemblée de Ville, tantoſt vne eſcole de Retori-
que, tantoſt vn berlanc à joüer aux detz, tantoſt
vn eſchaffaut à voir joüer Comedies, ou à ouyr chanter & baller.*

*Marmite à cuire la viande* : qui ſert à cuire la
chair. *Pot à boire* : propre & conuenable à tel effect. Amiot, Es dicts notables des anciens Roys :
*Et commanda que chaſcun retournaſt chez ſoy toute*

autre forte de vaiffelle, & d'vtenfilles , finon la mar-
marmite à faire cuire la chair, la broche , & le pot à
boire de terre.

Ornement à parer les Dames : qui leur fert d'ornement & parure. Amiot, Comment il faut lire
les Poëtes : Eux à l'encontre luy donnent des habil-
lemens, joyaux d'or, & autres ornemens à parer les
Dames.

Nous difons femblablement, Chauffes à botter :
dont on fe fert à botter. Harde à lier fagots , qui
fert à lier des fagots, &c.

Il arrive auffi par fois que l'infinitif eft fuppri-
mé , & doit eftre fous-entendu : comme en ces
manieres de parler.

Burete à huille : ou l'on doit fous-entendre l'infinitif, Tenir, ou receuoir : comme qui diroit, burete fervant à tenir huille. Amiot , De la manfuetude : Autant en font-ils des burettes à huille , &
des eftrilles dont on fe fert aux eftuves.

Champ à bled : propre à porter bled. Amiot,
Comment on pourra difcerner le flateur : Simo-
nides fouloit dire que l'entretenir efcuirie ne fuit point
la lampe, ainsles champs à bled.

Chanfons à voix : propres à chanter de la voix.
Amiot au 3. des queftions de table, queft. 6.

    Mafques, feftins, & les chanfon s à Voix,
    Le bruit plaifant des fluftes, & aubois.
Manteau à Vfage d'homme , ou de femme : qui

sert seulement à l'homme, ou à la femme. Amiot,
*Ez vertueux faicts des femmes* : *Les femmes ve-*
*stent des sayes & manteaux à vsage d'homme, & les*
*hommes des cottes & des voiles à vsage de femmes.*

*Terres à bleds* , *& à vignes* : aptes à produire
bleds & vins. Amiot, *Du banissement* : *Ne fai-*
*sant conte des fertiles terres à bleds* , *& à vignes qui*
*sont en l'isle de Thasos.*

*Terres à froment*: bonnes à rapporter froment.
Amiot, *De l'avarice* : *L'autre pour achepter vn*
*champ d'oliviers qui joinct à sa terre, ou bien de ser-*
*res à froment.*

Ainsi disons nous encore, *Bas à femme*, propre
& convenable aux femmes. *Chemise à homme*, qui
est à vsage d'homme, &c. Car c'est vne regle generale, que tous noms adjectifs qui signifient en
quelle façon que ce soit, profit ou donnhage, cō-
modité ou incommodité, plaisir ou desplaisir,
grace ou fascherie & ennuy, haine ou mal-talant,
demandent tousiours apres eux, la preposition *a*,
devant le nom ou infinitif qui suit : tels que sont
les adjectifs suivans. *Aspre, grief, fascheux, inju-*
*rieux, contraire, desagreable, rebelle doux, agreable,*
*plaisant conuenable, apte, propre, idoine, fidelle, vtile,*
*begnin, familier.* Et les verbaux, *Aimable, admi-*
*rable, reformidable, horrible, facile, impossible,* & autres sans nombre, dont les exemples sont familiers & cogneus à tous. Comme aussi tous adje-

tifs qui signifient voisinage, alliance, affinité,
similitude, egalité : ou au contraire, dissimilitude,
inegalité : & brief desquels la signification se raporte à quelque autre chose, reçoivent apres eux
ceste preposition *a*, devant le terme auquel ils
sont referez.

---

## DE LA PREPOSITION A, IOINTE
### aux verbes infinitifs, avec vn autre verbe
### infiny devant. Chap. III.

CEste mesme preposition *A*, mise avant vn
infinitif, reçoit devant soy fort elegamment
vn verbe actif, ou autre de pareille force, & denote ce qui est à faire : comme ez façons de parler suivantes.

*Abandonner à fouler, à renverser, à tuer, &c.*
laisser fouler, renverser, tuer. Amiot, Comment
on pourra discerner le flateur : *Par telles gangrai-*
*nes & tels chancres, Alexandre estant rongé fit*
*mourir Callisthenes, Parmenion, & Philotas, &*
*s'abandonna à renverser & donner le croc en iam-*
*be à leur volonté, à vn Agnon, vn Bagoas, &c.*
Et plus bas : *Nous ne nous abandonnerions pas*
*ainsi facilement aux flateurs, à nous fouler aux*
*pieds, & faire ainsi par maniere de dire, littiere de*
*nous à leur plaisir.* Et és dicts notables des anciens
Roys : *il avoit faict faire vne piece de four en forme*

de ville, & l'appellant *Carthage*, l'abandonna à dés-
chirer & piller à ceux qui eſtoient à table auec luy.
Et plus bas, parlant de *Pompée*: il ne fit autre
choſe que ſouſtirer vne fois ſeulement, & ſans mot
dire, ains s'affeublant le viſage, s'abãdonna à tuer, &c.

     *Aimer à dormir*: ſe plaire à dormir. Amiot,
Qu'vn Prince doit eſtre ſçauant: *On reprochoit à
Cimon qu'il aimoit le bon vin, à Scipion qu'il aimoit
à dormir, & accuſoit-on Lucullus de ce qu'il tenoit table trop ſomptueuſe, & trop friande.*

     *Bailler à viſiter*: laiſſer viſiter. Amiot, Com-
ment il faut refrener la cholere: *Le ſeroit remede
qu'il y auroit en cela, ſeroit de ne voir ſes amis par intervalles, & auſſi ſe bailler ſemblablement à viſiter
à eux.*

     *Chercher à ſecourir, & faire plaiſir* tacher à don-
ner ſecours. Amiot, au banquet des ſept ſages:
*Il eſt biẽ à croire qu'ils le font encore dauãtã e en vers
les vivans, & qu'ils cherchent à leur faire tout ſecours.* Et au traicté, Comment on pourra diſcerner le flateur: *Mais nous qui cherchons à ſeparer le
flateur d'avec l'amy, avec lequel il eſt entrelaſſé par
pluſieurs grandes ſimilitudes.*

     *Demander à eſchapper*: deſirer & chercher à ſe
ſauver. Amiot, Que le vice ſeul rend l'homme
mal heureux *Apres avoir eſté biẽ tourne-boulé ſans
deſſus deſſoubs, juſques à en avoir la teſte toute eſtour-
die de virer ainſi au rouët de la fortune, il demande à*

s'en eschapper, & appelle bien heureux ceux qui demeurent en vie privée sans s'exposer aux perils. Nous
disons de mesme : *Demander à parler à quelqu'vn :*
*Demander à combatre en camp clos,* &c.

*Estre apres à chercer :* pour, s'estudier & travailler à chercher. Amiot, Comment on pourra discerner le flateur: *Il s'insinue en grace à force de don-*
*ner plaisir, & est tout apres à chercher moyen de plai-*
*re & de resjoüir.* Et és dicts notables des anciens
Roys sur les entrefaictes *qu'il estoit apres à refor-*
*mer l'Estat.*

*Estre à remarquer :* qui est digne d'estre remarqué. Amiot, Comment on se peut loüer soy-
mesme : *Toutesfois il est bien à remarquer en ceste*
*mesme oraison là, comme artifice tres-vtile.*

*Faire à esmerueiller, ou notter :* qui est esmerveil-
lable, & digne d'admiration, qui merite d'estre
notté Amiot, De l'amitié fraternelle : *Mais aussi*
*faict il bien à esmerveiller que l'amitié fraternelle ne*
*peut pas de tout estainte en son ambition.* Et en la co-
solation à Appolonius *Là ou il faict à notter en*
*passant qu'il declare leur similitude, en les appellant*
*jumeaux.*

*Faire à estimer, & loüer :* qui est digne d'estre
estimé, & loüé. Amiot, Comment il faut nourrir les enfans : *Et en cela faict grandement à loüer la*
*magnanimité des Lacedemoniens.* Et plus bas: *Car*
*l'on vne grande sagesse que se sçauoit faire en temps*

*en lieu, & qui faict plus à estimer que parole quel-*
*conque.* Et Es preceptes de mariage. *Mais la Phi-*
*losophie ayant plusieurs beaux & bons discours, en y*
*en qui faict autant à estimer que nul autre.* Et comment on pourra discerner le flateur : *Recognoissans*
*combien en toutes choses faict à estimer son oracle, qui*
*nous commande de nous cognoistre nous mesmes.*

*Faire à remembrer,* qui doit estre rememoré, comme estant digne de memoire. Alain Chartier, en
son Curial. *L'vn & l'autre faict bien à remembrer,*
*mais sa misericorde est par dessus toutes œuvres.*

*Fournir à expliquer:* pour, expliquer suffisamment.
Amiot, en la vie une, ou vertu d'Alexandre. *Au*
*demeurât qui seroit celuy qui pourroit fournir à expli-*
*quer de paroles leurs noces les vnes sur les autres ?*

*Fuir à estre repris,* euiter d'estre repris. Amiot,
Commet il faut ouyr : *Il ne faut pas fuir, en rom-*
*pant les propos, à en estre repris, ains faut chercher à*
*en ouir discourir aux escholes mesmes.*

*Iouer à plonger,* ou à pareil exercice: s'esbattre ou
passer le temp. à tel ieu. Amiot, Au banquet des
sept sages, *Aussi prennent-ils plaisir à voir nager les*
*petits enfans & iouent à plonger avec eux.*

*Laisser à dire,* ou à alleguer: obmettre à dire, n'alleguer point. Amiot, Que les bestes brutes vsent
de la raison, *Ie laisse à dire comme les chiens suyvent*
*les bestes à la trace.* Et en l'opuscule de Isis & d'O-
siris, *ie laisse à alleguer Menelas qui adiouste à Epa-*

*phus, Bacchus, Osiris, & Serapis.*

*Prendre à imiter* se proposer à imiter & ensuivre. Amiot, Comment on pourra discerner le flateur: *Pource qu'il est de sa nature tousiours enclin à ce qui est le pire, & semble estre bien loing de vouloir blasmer le vice, puis qu'il le prend à imiter.*

*Prendre à loüer* : entreprendre de haut loüer & venter. Amiot, Comment il faut ouir: *si aucuns pour monstrer leur esp... , ont pris à loüer le vomissement, autres la fiebvre, & quelques vns la marmite.*

*Recevoir à entrer* : introduire, permettre d'entrer comme, *Recevoir à prouver & verifier* : pour, permettre de verifier. Amiot, les demandes des choses Romaines : *Encore qu'ils retournent ... on ne les reçoit point à entrer par les portes des maisons.*

*Refuser à mäger*: ne vouloir pour mäger. Amiot, De Isis & d'Osiris: *Mais les Prestres haissent tant la nature des saperfluités, que pour cela non seulement ils refusent à manger toutes sortes de legumages, &.*

*S'eslargir à deduire*: deduire amplement. Amiot, De la verta morale *Et si ce n'estoit que i'aurois peur qu'il ne semblat que i'allasse industrieusement ramasser de toutes pars des inductions plaisantes pour agréer aux ieunes gens, ie m'eslargirois à desduire les psalterions, les lyres, les espinettes, les fleustes.*

*S'estendre à dire & à discourir*: discourir ou reciter au long. Amiot, ... il faut nourrir les enfans: *Quät à l'institutiö doncques des enfans és lettres, il n'est à mon advis ja besoin de i'estendre à en dire*

*dauantage.* Et en l'opuscule, Qu'vn Prince doit
estre sçauant : *Et qu'est-il besoin de s'estendre à dis-*
*courir cela plus amplement.*

    *se prendre à dire :* s'appliquer, ou se mettre à
dire. Amiot, Comment on pourra discerner le
flateur : *Tyberius mesme prestoit l'oreille fort attenti-*
*uement pour oüir ce qu'il voudroit dire : & lors il se*
*prit à dire.* Nous disons semblablement, *se pren-*
*dre à rire, à pleurer,* &c.

    *se tourner à parler :* pour se virer d'autre part
pour parler. Amiot, De la curiosité, *Et apres qu'il*
*l'eut entendu, alors il se tourna à parler & à sa mere,*
*& aux autres femmes.*

    *Trouuer à trauailler, à se paistre,* &c. Trouuer à
quoy trauailler, & dequoy se paistre. Amiot, De
l'amour naturelle enuers les enfans : *Leur donnent*
*moyen d'en sortir, & d'aller courir pour trouuer à se*
*paistre & puis derechef les reçoiuent.*

    A telles manieres de parler doiuent estre ad-
jointes ces autres locutions assez familieres, où la
preposition *a*, est mise deuant vn infinitif, sans aucun verbe qui la procede, denotant semblablement quelque chose à faire : lesquelles nous pou-
uons expliquer par la preposition *Pour*, ou par
l'aduerbe *a fin*, contenue en force & virtuelle-
ment en la preposition *a*, comme par exemple.

    *A vray dire :* à fin de dire la vraye verité : pour
dire vray. Amiot, Comment il faut oüir, *Car à*

vray-dire, regardés quel desordre c'est, quand vn Philosophe discourt en son eschole, &c.

*A profiter en vertu;* pour profiter en vertu. Amiot, Si l'on profite en l'exercice de la vertu; *Mais à profiter en Philosophie, c'est à dire, en correction de meurs & de vie, il n'y peut avoir intervalle d'amendement, ni pause & cessation aucune.*

On dit pareillement, *A bien faire les choses comme il apartient : A parler vniversellement ; A prendre les choses au pis : A tout perdre n'y a qu'vn coup:* & ainsi des autres elocutions qui denottent quelque chose à faire, lesquelles on peut exposer & interpreter par l'adverbe *Afin,* ou par la preposition, *Pour.*

## DE LA PREPOSITION A,
*expliquée par autres prepositions dont elle contient la force, & pouvoir.*

### CHAP. IIII.

TEl doncques est l'vsage en nostre langue de ceste preposition *A,* prise à la façon de la preposition des Latins *Ad,* d'où elle est venue, laquelle à tousiours vn accusatif apres soy. Si se retrouvent encore quelques autres prepositions Latines, regissantes semblablement vn accusatif, l'efficace & proprieté desquelles est aussi comprise soubs ceste preposition *A,* en infinies façons de parler fort naifves, lesquelles peuvent

C

estre expliquées par telles prepositions : comme
sont en François celles-cy, *A l'encontre*, *A l'endroit, ou Endroit, Apres, Iusques, Selon, &c.*

## A L'ENCONTRE

Par *Alencontre*, qui vaut autant que la preposition Latine *Aduersus*, laquelle regit vn accusatif, peuuent estre explicquées les façons de parler
suiuantes.

*Auoir guerre, ou bataille à son voisin* : pour, Alencontre de son voisin. Ronsard au IIII. de la
Franciade;

> *Sous Marcomire auront longues batailles*
> *A leurs voisins.*

*Batailler l'vn à l'autre* : pour , l'vn à l'encontre
de l'autre. Ronsard au 2 de ses Odes;

> *En vain certes en vain les Princes se trauaillēt,*
> *En vain pour triumpher l'vn à l'autre bataillēt.*

Les Poëtes Latins & Grecs vsent de semblable façon de parler : comme Virgile en son
Eclogue 5.

> *Montibus in nostris solus tibi certat Amyntas.*

*Causer à plus grand que soy* : pour , contester à
l'encontre d'vn plus grand. Alain Chartier en
son Curial ; *Les Rois sont instrumens de la diuine
ordonnance. & tu veux par eux raisonner contre celuy qui fait raison, & causer à la cause de toutes les
causes?*

*Chanter à quelcun* ; pour, contre quelcun, à l'envy.
Remy Belleau en sa Bergerie;

*Puis de chanter à toy i'ay de long temps enuie.*

*Combatre tant à tant:* pour, Tant contre tant.
Amiot, Es dits notables des anciés Rois; *Ie n'em-*
*pecheray pas, dit il, nos ennemis, qui veulent que nous*
*ſoyons eſgaux à combatre tant à tant.* Et vn peu
plus bas; *Et par ainſi venans à combatre tant contre*
*tant, ils desfirent leurs ennemis.*

Nous diſons ſemblablement, *Combatre pied à*
*pied, teſte à teſte, ſeul à ſeul, homme à homme:* pour,
*pied contre pied, teſte contre teſte, &c.*

*Courir à vn autre: Se courroucer à luy;* pour, faire à plus courir contre vn autre: Se courroucer
contre luy. Amiot, De la tranquilité de l'ame;
*Alexandre le grand n'eſtoit pas ainſi. Car eſtant ad-*
*verty que Briſſon le coureur auquel il couroit en car-*
*riere à qui gaigneroit le prix de viteſſe, s'eſt ait faint*
*en ſa courſe, il s'en courrouça bien aſprement à luy.*
Auſſi diſons nous, *Boire à ſon compagnon: Luitter à*
*tous ſur venans, &c.* C'eſt a ire, à l'encontre. Et de
meſme; *Debatre à quelcun;* pour, Alencontre de
quelcun. Baïf au 2. de le Poeme;

*Elle oſa bien à Pallas de l'honeur de beauté debatre.*

*Eſtre courroucé à tels ou tels;* pour, Eſtre en courroux, ou eſtre irrité a l'encontre d'eux. Amiot, Es
dits notables des Anciens Rois; *Les Atheniens*
*eſtoient courroucés à ceux de Byſance, de ce qu'ils n'a-*
*voient pas voulu recevoir dedans leur ville le Capi-*
*taine Chârez.* Et, Comment il faut lire les Poetes;
*Sans autrement ſ'en offenſer, ny courroucer à eux.*

*Eftriver à quelqu'vn* : pour, Alencontre de quelcun. Alain Chartier en fon Curial : *Mieux te vaut convertir ta fubtilité decevable à cognoistre toy mefme, que travailler en vain à efpuifer la mer, à mefurer les cieux, & eftriver à cil, qui nombre les eftoiles.*

*Plaider à fon maiftre* : pour, Alencontre de fon maiftre. Bail au 1. de fes Mimes;

　　*Qui plaide à fon feigneur, a tort.*

*Quereller l'vn à l'autre* : pour, l'vn à l'encontre de l'autre. Amiot, De l'amitié fraternelle : *Eft il vray femblable qu'ils puiffent porter patiemment de voir que leurs enfans s'entre-haiffent, qu'ils querellent toufiours l'vn à l'autre, qu'ils mefdifet l'vn de l'autre?*

*Tanfer l'vn à l'autre*: pour, Alencontre. Amiot, Comment il faut lire les Poëtes : *Quand il faict que les Dieux fe iettent les vns les autres du haut en bas, ou qu'ils font bleffez en bataille par les hommes, ou qu'ils tanfent les vns aux autres & qu'ils ont debats enfemble.*

## ALENDROICT ou ENVERS

Par *Alendroict*, ou *Endroict*, qui fignifient le mefme que la prepofition des Latins *Erga*, laquelle demande femblablement vn accufatif, font declarées ces autres locution Françoifes, ou la prepofition *A*, vaut autant, & à pareille force que la Latine.

*De maifon à maifon: De ville à ville* : pour, d'vne maifon endroit vne autre maifon, & d'vne ville

envers l'autre. Amiot, Ez vertueux faicts des
femmes: *Il s'en engendra vne amitié & bien-veuil-*
*lance tres-grande , reciproquement entre eux tous,*
*non feulement de ville à ville , mais auffi de maifon*
*à maifon.*

*De befte à befte* : d'vne befte envers l'autre.
Amiot, Que les beftes brutes vfent de raifon: *Car*
*je ne penfe pas qu'il y ait fi grande diftance de befte à*
*befte , comme il y a de grand intervale d'homme à*
*homme, en matiere de prudence, de difcours, de raifon,*
*& de memoire.*

## A P R E S

La prepofition *Apres*, qui eft le *Poft* des Latins,
gouvernant vn accufatif, expofe ces autres façons de parler.

*Bond à bond*: vn bond apres l'autre. Ronfard,
au 4. de la Franciade :

    ——————— *ou la grefle que preffe*
    *Le vent d'hyuer, qui bond à bond fe fuit.*

*Piece à piece*: vne piece apres l'autre. Baïf au 2.
des Mimes & enfeignemens:

    *Qui piece à piece tout achette,*
    *Nourrift les fiens, & ceux d'autruy.*

*Tire à tire*: vne tire, ou tirade apres l'autre.
Baïf au 2. de fes Mimes :

    *La pile s'en va tire à tire:*

c'eft à dire, en tirant fouvant.

L'on dict de mefme, *fille à fille , grain à grain,*
*pas à pas, peu à peu, petit à petit, pied à pied, &c.*

## IVSQVES.

La force de *Iusques*, tirée de la prepofition Latine *Vsque*, regiffante vn accufatif, paroift en ces autres manieres de parler, où elle eft en quelque forte fous entendue :

*Courir à perte d'haleine* : iufques à en perdre la refpiration. Amiot, Au banquer des fept fages : *Ce qu'ayant veu la plus part de cefte troupe, s'en effroya fi fort, qu'ils s'enfuyrent à perte d'haleine arriere de la mer.*

*Geller à pierres fendant* : iufques à fendre les pierres. Amiot, Es dicts notables des Lacedemoniens *Vn autre Laconien regardant Diogenes le Philofophe Cynique, au cœur de l'hyver, qu'il geloit à pierres fendant, embraffant tout nud vne ftatue de bronze.*

Il arrive bien fouvant que cefte prepofition *iufques*, eft exprimée en plufieurs belles locutions, lefquelles doivent eftre icy raportées : comme par exemple.

*Iufques à admiration* : avec bien grande admiration : à l'imitation du Latin, *Ad admirationem Vsque.* Amiot, Si l'ompofite en la vertu : *Mais de rejetter & meffrifer ce que les autres eftiment iufques à admiration.*

*Iufques à vne pafmoifon d'esbahiffement* : iufques à fe palmer de merueille. Amiot, Du repos & trâquilité d'efprit *Les reputans heureux, iufques à vne pafmoifon d'esbahiffement, & iufques à s'en deffplaire* à eux mesmes, *& s'en troubler grandement.*

## SELON.

La preposition *selon*, qui se rapporte à celle
des Latins *secundum*, laquelle demande vn accu-
satifs, sert encore à declarer la puissance de la
preposition *A*, laquelle a pareille force à la sien-
ne, en ces façons de parler, & autres semblables.

*A la vraye verité* : pour, selon la vraye verité.
Amiot, Du banissement : *Mais à la vraye verité*
*elle vague & erres chassée par les diuines loix, &*
*statuts.*

*A son pouvoir* : pour, selon son pouvoir, de
toutes ses forces. Amiot, En l'instruction pour
les hommes d'estat : *Et apprendra bien les ordon-*
*nances & statuts de Solon en plusieurs autres choses,*
*taschant à les ensuivre & obseruer à son pouvoir.*

*Vivre à ses loix* : pour, selon ses loix : comme
quand nous disons *à sa guise, à son plaisir, à son gré,*
pour, selon sa guise, selon son plaisir, & son gré.
Amiot, Ez dicts notables des anciens Roys :
*Qu'il remettoit tous les anciens Grecs à leur fran-*
*chise & liberté entiere, pour desormais vivre à leurs*
*loix.*

Ainsi disons nous encore : *vivre à la fantasie*
*d'autruy* : pour, selon la fantasie d'autruy. *A mon*
*jugement : à mon opinion : à ce que je voy* : pour,
selon mon jugement, & opinion, selon ce que
je voy, &c.

C 4

## DE LA PREPOSITION A,
### seruant aux verbes d'acquisition, lesquels regissent vn datif parmy les Latins.

## CHAPITRE V.

NOus auons jusques icy montré, comment cste preposirion *A*, retient la force de la preposition *Ad*, & autres prepositions Latines, qui gouvernent apres elles vn accusatif. Mais son efficace & proprieté passe encor' plus outre : car elle nous represente la grace du cas datif des Grecs & Latins, apres tous verbes d'acquisition, exprés ou sous-entendus, estant mise devant la chose acquerante : à prendre le mot d'acquerir & d'acquisition largement, à la façon des Latins, pour tout ce qui peut eschoir à quelque chose, & qui peut generalement luy appartenir, ou la concerner, soit bien, soit mal, profit ou domage : comme quand pour exprimer la naïfveté du datif en ce traict du Poëte Latin, qui est au 10. de l'Æneide,

*It hasta Tago, per tempus virumque,*
nous disons,

*Le fer passe à Tagus par l'vne & l'autre tempe.*
Mais cecy paroistra plus clairement és façons

de parler suivantes, qui sont merveilleusement belles & naïsves.

*A voir amitié à quelqu'vn*: luy porter affection & amitié. Ronsard, au discours des miseres de ce temps:

> *Bien que les estrangers, qui n'ont point d'amitié*
> *A nostre nation, en ont mesme pitié.*

*Broder à Neptune*: broder pour Neptune. Ronsard au 4. de ses Odes:

> *Elles brodoient à Neptune,*
> *Le tissu d'vn manteau bleu.*

*Chommer à Cibelle*: celebrer à l'honneur de Cybelle. Ronsard, au 1. de la Franciade.

> *Ce jour estoit la feste solemnelle*
> *Que tous les ans on chommoit à Cybelle.*

*Se donner à l'eau*: se commettre & fier à l'eau. Ronsard, au 1. des Odes:

> *Et ne se veut fier au tranquille visage*
> *Du ciel, ne de la mer, pour se donner à l'eau.*

*Eschaper à fortune*: se sauver & soubstraire de sa puissance. Alain Chartier en son Curial: *Tu n'as rien pensé fors vn songe; dont l'effaict se passe en le songeant. Cuides tu ainsi eschaper à fortune?*

*Estre à soy*: n'estre possedé que par soy. Ronsard, au 5. des Odes:

> *Ie veus estre à moy, non plus servir autruy,*
> *Pour autruy ne veus me donner plus d'ennuy.*

Ce sont vers Saphiques rimez.

Il arrive bien souvent en telles & semblables

locutions, que le verbe ou participe d'acquisition est sous-entendu avecques beaucoup de grace, mesmement le substantif *Estre*, pris pour *Apparte-nir* : comme en ces façons de parler.

*Chiens à Iupin* : qui sont, ou appartiennent à Iupiter : chiens de Iupiter. Ronsard, au 2. de la Franciade.

> *En qui souvent se changent les harpies,*
> *Chiens à Iupin, soubs son throsne accroupies.*

*Estable à chevaux* : qui sert à loger chevaux. Ronsard au discours des miseres de ce temps :

> *Ils n'ont pas seulement, sacrileges nou vedaux,*
> *Faict de mes Temples saincts estables à chevaux.*

*Frere à Iupin* : frere de Iupiter. Ronsard au 2. de la Franciade :

> *Frere à Iupin, race Saturnienne.*

*Herbe à laict* : herbe laicteuse qui est abondante en laict. Ronsard au 2. de la Franciade :

> *Mainte herbe à laict, que la nuict choisissoit*
> *Pour en verser le ius dessus la terre.*

*L'asne à Balaam* : qui est, ou appartient à Balaam. Ronsard, En la remonstrance au peuple de France :

> *D'vne femme en du sel, de l'asne à Balaam.*

*La vache à Perot* : appartenante à Perot. Remy Belleau en sa Bergerie :

> *C'est la vache à Perot, c'est elle, ie la voy.*

*L'Eglise à Iesus Christ* : qui appartient à Iesus Christ. Ronsard au discours à Guillaume des Autels :

*Que diroit il de voir l'Eglife à Iefus-Chrift.*

*Mere à Iefus* : mere de Iefus. Baïf au 1. livre de
fes Mimes:

    *Mere à Iefus, vierge fans blafme.*

*Nourriture à vers* : qui doit fervir de pafture
aux vers. Ronfard au 3. des Odes:

    *Mais le corps, nourriture à vers,*
    *Diffoud des vaines & des nerfs.*

A ce lieu doivent eftre adjointes ces autres
façons de parler où le verbe fubftantif *Eftre* , eft
toufiours ou prefent, ou fous-entendu, denotant
certaine acquifition : comme en celles-cy.

*Riche à foy* : riche pour foy. Alain Chartier en
fon Curial : *Ceux qui font riches à foy, font pauvres
à autruy : aide & confort font taris.*

*Sage à luy* : c'eft ce que les Latins difent , *fibi
fapere*: Baïf au 1. de fes Mimes:

    *Sage à luy, pour tous furieux.*

*Serf à peché* : ferf du peché. Alain Chartier en
fon Curial : *Ainfi la divine juftice , qui eft la droi-
turiere, ne peut fouffrir ceux Seigneurier fur les hommes, qui font ferfs à peché.*

*Vivre ferf à homme Romain* : pour , ferf d'vn
homme Romain. Alain Chartier en fon Curial:
*Et La femme du Roy Siphare choifit mourir en fa li-
berté, plus que vivre ferve à homme Romain.*

Telles font femblablement ces autres locutions vulgaires : *Cochets ou girouëtes à tous vens: la
chambriere à Ieanne : la femme à Philippe : le fils à*

*Guillaume* : Le seruiteur à tous : Molin à bled, à tan,
à folon, à papier, à fourbir &c. où le participe ser
vant, ou Appartenant, est sous-entendu.

Il y a plusieurs autres sortes de verbes, outre
ceux qui signifient acquisition, lesquels demandent pareillement apres eux ceste preposition *A*,
& font que son vsage s'estend bien avant en infinies belles locutions, qui enrichissent à merueil-
les nostre langue. Comme sont en premier lieu
les verbes qui signifient, Receuoir, prendre, auoir,
reputer, tenir, &c. en ces façons de parler : Receuoir à gré, prendre à cœur, auoir à mespris, reputer
à honte, tenir à fol, & autres semblables. Iaçoit
qu'en telles locutions, les noms joincts à la preposition *a*, tiennent fort souuent lieu d'aduerbes,
& soyent plustost aduerbes que noms : comme
aussi les auons nous rangez en partie parmy les
aduerbes. Item, tous les verbes qui signifient
Acquiescer, obeir satisfaire : Adherer, consentir, fa-
uoriser : Aider, subuenir, agreer, ou desagreer : An-
noncer, parler, deuiser, narrer, suggerer : Apliquer,
adonner, employer : Attribuer, joindre : Applaudir,
soubscrire : Comparer, conferer, esgaller : Contredire,
resister, repugner : Commander enjoindre : Imputer :
Manifester, reueller : Nuire, preiudicier, desroger,
ester : Plaire, ou desplaire : Presider, preferer : Promet-
tre : Remedier, prouuoir : Renoncer, resigner : Resti-
tuer : Pardonner : Se fier, ou desfier : Soubs mettre :
suader, ou dissuader : Conseiller : Succeder : Suruiure

*vacquer :* Estudier, s'occuper, & autres quasi sans nombre, qui ne peuvent estre rangez soubs aucun ordre certain : les exemples desquels sont vulgaires, & communs, & sont à ceste cause par nous obmis en ce lieu.

---

## DE LA PREPOSITION A,
*seruant à designer par maniere d'Epithete,*
*certaine affection ou qualité qui*
*est en la chose.*

## CHAP. VI.

A Ce lieu cy doiuent estre raportées ces autres façons de parler, où la preposition *A,* sert a designer par maniere d'Epithete, certaine qualité peculiere & propre au subiet signifié par le substantif precedant. Car quand il faut loüer, ou vituperer quelque chose d'vne de ses parties, ou de certain accident qui se trouue en elle, si l'adjectif qui signifie loüange ou blasme, est adjoint & se raporte au nom de la partie, ou de l'accident, nous vsons alors de la preposition *A,* suiuant le nom de telle partie, ou accident, auec beaucoup de grace, & naïueté. Comme par exemple, en ces locutions ; *Geoffroy à la grand dent, François au grand nez ; l'Aurore aux doits de roses,* & autres façons de parler, semblables, où la pre-

position, *A*, mile deuant le nom de la partie,
ou accident, auec son adiectif, denote certaine
qualité propre au sujet dont il est question ; laquelle qualité luy est attribuée par maniere d'E-
pithete:comme icy,la grand dent à Geoffroy, le
grand nés à François:les doits, rosins ou de couleur de roze à l'Aurore. La grace de telles manieres de parler ne peut estre suffisamment re-
presentée par aucun cas des Latins, quoy qu'ils
s'efforcent de l'exprimer par leur ablatif. Toutesfois parce qu'elles peuuent estre resoulües & declarées par le verbe *Auoir*, ou autre verbe d'acquisition lequel y est sous entendu, nous les avõs
rangées icy,comme n'estant pas beaucoup eslon-
gnées, & disioinctes des elocutions precedan-
tes, lesquelles nous representent la grace du cas
datif des Grecs & Latins apres les verbes d'acquisition. Mais pour esclaircir ce que nous disons
& le confirmer par exemples, venons aux aucto-
rités, lesquelles sont pour la plus part prises des
Poetes,d'autant que telles manieres de parler,&
tels Epithetes conuiennent mieux à la Poësie,
qu'à la prose.

*A couleur passe;* ayant la couleur passe,ou plõ-
bée. Alain Chartier en son Curial ; *Et en ce point
vint vers moy vne vieille toute defarriée, & comme
nonchalante de son habit maigre, seiche, & fletrie, à
couleur passe, plombée, ternie, &c.*

*A haut collet;* qui a le collet haut esleué. Ronfard en fa refponfe aux Miniftres:

> ------ *Le menton bien razé,*

> *La chappe à baut collet.* ------

*A boupes bien perlées;* de qui les houpes font bien garnies de perle. Ronfard au 4. de la Franciade;

> *Luy donne encor' vn poignard Norien,*
> *Au pommeau d'or, à boupes bien perlées.*

*A la courfe gliffante;* qui gliffent ou courent haftivement, en gliffant. Rôfard au 1. de la Frâciade;

> *Là maints rouleaux à la courfe gliffante.*

*A la corne dorée;* qui à la corne dorée. Ronfard au 1. de fes Odes;

> *Tous les ans à fa fefte en Lybie honorée,*
> *Ne luy tombe vn Toreau à la corne dorée.*

*A la cortine noire;* ayant vne courtine noire & obfcure. Ronfard au 2. de la Franciade:

> *Voicy la nuict à la cortine noire,*
> *Qui vient aux yeux le fommeil efpancher.*

*A la face rofine;* qui a la face de couleur de rofe: & ainfi de tout le refte. Ronfard au 2. de la Franciade:

> *Si toft que l'aube à la face rofine,*
> *Eut le Soleil tiré de l'eau marine.*

*A la gaine efmaillée;* Ronfard au 4. de la Franciade:

> *Prit fon efpée à la gaine efmaillée.*

*A l'aile vagabonde;* Du Bellay en fon 4. de l'Æneide;

> *La renommée à l'aile vagabonde.*

A l'habillemẽt vert; Rõſard au 3. de la Franciade:
  Et Pàlemont à l'habillement vert.

A la machoire dure : Ronſard au 4. de là Franciade:

  D'vn grand Lion à la machoire dure.

A la main ſafrańée; Ronſard au 4.de la Franciade:
  Et que l'Aurore à la main ſafrańée,
  Eut annoncé la clarté retournée.

A langue blanche; Ronſard au 4 de la Franciade:
  Puis neuf brebis groſſes de noire laine,
  A langue blanche. ⸺⸺⸺

A la noire toyſon; Du Bellay au 6. de l'Æneide:
  Ænée meſme occit de ſon eſpée
  Vne brebis à la noire toiſon.

A la paupiere noire; Ronſard au 3.de la Frãciade:
  Voicy Venus à la paupiere noire.

A la perruque blue; Ronſard au 3.de la Frãciade:
  Le Vieil Triton à la perruque blue,
  Homme d'enhaut, & poiſſon par la queüe.

A la plante legere: Ronſard au 1.de la Franciade:
  Pront meſſager à la plante legere.

A la pointe d'airain: Ronſard au 3.de la Frãciade:
  Tandis François ſecoüant en la main
  Vn iauelot à la poincte d'airain.

A la robe rompue; Ronſard au 4.de la Franciade:
  Haine & diſcord à la robe rompue.

A la verge d'yuoire; Ronſard au 4.de la Franciade:
  A donc Mercure à la verge d'yuoire.

A la voute eſtoilée: Ronſard au 2.de la Franciade:

*Tandis la nuict à la voute est ilée,*
*A voit la terre de toutes parts voilée.*

*A l'œil fier & hideux* : Du Bellay en son recueil
de poesie :

*Le grand Tytie à l'œil fier & hideux.*

*A longue robe* : Du Bellay en ses Antiquitez de
Rome :

*L'antique honneur du peuple à longue robe.*

*A noire peau* : Ronsard au 4. de la Franciade :

———— *Ameine à noire peau,*
*Vaches, & Porcs, les plus gras du troupeau.*

*A plein fond* : Amiot, Es dits notables des Anciens Rois :

*Il leur defendit de porter plus armes, & leur comman-*
*da de danser, chanter, de iouer des hautbois paillarder,*
*& tauerner, & porter de longs soyes à plein fond.*

*A poite vive* : Ronsard au 4 de la Franciade :

*Feit rejaillir sur les estoupes seiches,*
*A pointe vive vn millier de flammesche.*

*A testes grisonnées* : deuenues grises. Ronsard au 1.
de la Franciade :

*Les bons Vieillards à teste grisonnées,*
*Les Iouuenceaux aux plaisantes années.*

*A trois pointes tortu* : Ronsard au 4 de la Frãciade :

*Crai à comme foudre à trois pointes tortu.*

*Au bec de soufre* : Ronsard au 4 de la Franciade :

*Que l'alumette au bec de soufre, adonc*
*Pronte receut.* ————

*Au cœur de cerf* : Amiot ; Comment il faut lire

les Poetes,

Trongne, aux yeux éhontés comme vn chien,
  Au cœur de Cerf, qui de valeur n'a rien.
Au cœur gros & ardant: Ronsard au 4. de la Fran-
ciade:

  Fiers, courageux, au cœur gros & ardant.
Au col pesant Ronsard au 1 de la Franciade:
  En cependant Helouin prend la corne
  D'vn grand Toreau, au col pesant & morne,
  Au large front. ————
Au fier maintien: Ronsard au 4. de la Franciade:
  Au fier maintien, au superbe courage,
  Qui rien que Mars ne monstre en son visage.
Au front de Vierge : Ronsard au 1. de la Franciade:
  Comme ils prioient, la prompte renommée
  Au front de Vierge, à l'eschine emplumée,
  Le cor en bouche. ————
Au front seuere: Ronsard au 4. de la Franciade:
  Quel est ce Prince appuyé d'vne hache,
  Qui tout son chef ombrage d'vn panache,
  Au front seuere, aux yeux gros & ardants,
  A longue barbe, à longs cheueux pendants.
Au harnois reluisant ; Du Bellay au 6. de l'Æ-
neide:

  Ce grand guerrier, au harnois reluisant.
Au large sein: Ronsard au 3. de la Franciade:
  Tout ce qui paist la terre au large sein.
Au manche d'airain: Ronsard au 4. de la Frāciade:
  ———— Francion tout soudain,

*Prend vn coteau au manche fait d'airain.*

Au pomeau cizelé; Ronsard au 1. de la Franciade:

   *Prist son espée au pommeau cizelé.*

Au visage eshonté : Ronsard au 5. des Odes.

   *I'ay raclé de ma fantasie,*
   *Le monde, au visage eshonté.*

Au visage guerrier : Ronsard au 4. de la Franciade.

   *Qvel est celuy qui marche le premier*
   *Apres ces deux, au visage guerrier.*

Aux aisles emplumées: qui a aisles bien garnies de plumes. Ronsard au 4. de la Franciade.

   *Quand le renom aux aisles emplumées.*

Aux beaux yeux : Baif en son Eclogue 2.

   *Vous qui ne dedaignés, ô Nymphes aux beaux yeux,*
   *Mes champestres chăsons par ces champestres lieux.*

Aux cornes bien tortuës : Ronsard au 4. de la Franciade:

   ——— *trois genices vestues*

   *De noire peau, aux cornes bien tortues,*
   *Au large front, à l'œil grand & ardent.*

Aux doits de rozes : Ronsard au 1. & 2. de la Franciade:

   *Incontinent que l'aube aux doits de rozes,*
   *Eut du grand ciel les barrieres desclozes.*

Aux feuilles vermeilles: Ronsard au 4. des Odes:

   *Bacchus espris de la beauté,*
   *Des rozes aux feuilles vermeilles.*

Aux larges bras : qui a les bras larges, & bien

eitandus. Ronſard au 3. de la Franciade.

> *Non gueres loin ſur le tertre prochain,*
> *Vit à l'eſcart vn cheſne au large ſein,*
> *Aux larges bras.* ———

*Aux larges fronts:* Ronſard au 3. de la Frāciade:

> *Trembles, Ormeaux, & Tils aux larges fronts.*

*Aux mentons damoiſeaux:* Ronſard au 2. de la Franciade:

> *Accompagné de deux cens jouvenceaux,*
> *D'aáge pareils, aux mentons damoiſeaux,*
> *Au* ſ̶ ̶accueil. ———

*Aux nez* ̶ ̶ ̶ Ronſard au 2. de la Frāciade:

> *Enflez, bouffis, eſcumeux, & ondeux,*
> *Aux nez mangez, aux viſages hideux.*

*Aux pieds ſoudains:* Du-Bellay en les vers Lyriques.

> *Les Faunes aux pieds ſoudains,*
> *Qui apres Biches & Dains,*
> *Et Cerfs aux teſtes ramées,*
> *Ont leurs forces animées.*

*Aux trois viſages:* qui a trois faces. Baïf en ſon Eglogue 5.

> *O Proſerpine, ô royne aux trois viſages.*

*Aux yeux ardans:* Ronſard au 1. de la Franciade:

> *Ce grand fantaume aura trois chefs divers,*
> *L'vn de Chouan, aux yeux ardans & pers.*

*Aux yeux pers* Ronſard au 2. de la Franciade:

> *Tout le troupeau des Nymphes aux yeux pers.*

## DE LA PREPOSITION A,

*servant à expliquer la façon, ou forme de*
*quelque chose, laquelle les Latins*
*declarent par vn Ablatif.*

## CHAP. VII.

PAssons maintenant à exposer l'efficace de
nostre preposition A, en certaines autres locutions & manieres de parler bien belles, desquelles nous vsons ordinairement, quand nous
voulons declarer en quelle forme ou façon vne
chose est faite. Car la preposition, A, sert particulierement à cecy, avecques beaucoup d'energie, & naïfveté, estant mise deuant le nom, lequel
au moyen d'vn adjectif qui luy est adioint, expli-
que & denote en quelle forme ou maniere la
chose va. Les Latins representent en quelque sorte, telles façons de parler par leur ablatif, mais
non avec tant d'elegance que nous : comme l'on
verra par les exemples suivants, qui sont de mer-
veilleuse grace & beauté.

*A bouche bien ouverte* : ouvrant la bouche bien
fort pour mieux crier. Ronsard au 1. de la Franciade:

> *Ceste Deesse à bouche bien ouverte,*
> *D'oreilles, d'yeux, & de plumes couverte,*

*semoit par tout &c* ————

*A bouche cloʒe*. tenant la bouche fermee, sans parler. Ronſard au 3 de la Franciade:

> *Et ſans gronder, ſouffrir à bouche cloʒe,*
> *Tous les mal-heurs que le Ciel me propoſe.*

Amiot, Du banniſſem nt: *Ie le paſſe ſoubs ſilence à bouche cloʒe.*

*A bras eſpars:* ayant les bras eſpars, & ouverts. Ronſard au 1. bocage Royal:

> *Il cheut à bras eſpars, à Iambes eſtendues,*
> *A che veux renverſés.* ————

*A chef baiſſé* baiſſant la teſte: Ronſard au 1. de la Franciade

> *Ceux que les monts, & les bois enfermoient,*
> *Pris du repos, à chef baiſſé dormoient.*

*A chef dreſſé:* dreſſant & levant la teſte. Ronſard au 2. de la Franciade:

> *Tout le troupeau des Nymphes aux yeux pers,*
> *Menant le bal deſſus les ſillons verds,*
> *A chef dreſſé regardoient eſtonnées*
> *Les Pins ſauter ſur les vagues tournées.*

*A chef renverſé:* portant la teſte bas renverſée. Ronſard au 1. de ſes œuvres:

> *Quand le ſoleil à chef renverſé plonge*
> *Son char doré, dans le ſein du vieillard.*

*A col enſlé* en enſlant le col. Ronſard en la deſcription d'vne couleuvre:

> *Sifflant à col enſlé, de ſa langue à trois pointes.*

Qui eſt ce que Virgile a dit au 3. de l'Æneide:

*& linguis micat ore trisulcis.*

*A col tors*: ayant le col tors. Amiot, En l'instruction pour les hommes d'estat: *Ains fut emporté
malgré luy, & entrainé à col tors par la violence du
peuple jusques en la Sicile.*

*A corps eslancé*: par vn eslancemét de corps. Ronsard au 5 des Odes:

   De là se laissant pancher
   *A cors eslancé grand erre.*

*A course hastive*: en courant hastivement. Du
Bellay en son Olive:

   *Vous qui aux bois, aux fleuves aux campagnes,
   A cry, à cor & à course hastive,
   Suivés des Cerfs la trace fugitive.*

C'est a dire en criant, en cornant & courant hastivement.

*A course eslancée*: Du Bellay en son recueil de
Poësie:

   *Il se leve en fureur & à course eslancée,
   Déplie tout d'vn coup sa cholere amassée.*

*A despourveue negligence*: inconsideréement &
negligenmement. Iean Chartier en son C....
*Comme les Perdris qui en fuyant à despourveue ne-
gligence le perdrieur qui les chevale, cheent en sa ton-
nelle.*

*A dos rompu*: Ronsard au 2. de la Franciade

   *Mais à la fin se changeant en serpent,
   A dos rompu sur le ventre rempant.*

*A fleur....*: Du Bellay contre les envieux

*Mais les fleuves debordez,*
*Courent à flots debridez,*
*Qui les campagnes essourdent.*
*A flammes en fumées*: Ronsard au 4. de la
Franciade.

*Pillant, bruslant, à flammes enfumées*
*A friandes gorgées*: Ronsard au 1. de la Franciade.

*L'autre soubs l'eau tient ses aisles plongées,*
*L'autre l'avale à friandes gorgées.*
*A friandes ondées*: Ronsard au + de la Franciade:
*Les ames vont sur la rive guidées,*
*Boire le fleuve à friandes ondées,*
*Puis à l'instant perdent tout souvenir.*
*A gorge desployée*: a plaine bouche, à bouche
ouverte. Athist, comment on pourra discerner
le flareur. *Il se moque & se gaudit d'eux à gorge
desployée.*

*A grand's bouffées*: Alain Chartier en son Curial, parlant de la Cour, *sçache que le guichet en est
si petit, la planche si estroitte, le fossé dessoubs si par-
fond, & y court le vent d'envie à si grands bouffées,
que à l'entrer, ou à l'issir tu t'y pourras blesser sans
guerison, ou trebucher sans resource.*
*A grands efforts*: Alain Chartier en son Curial. *Et ouvrit à grands efforts, pour donner plus
grand clarté, vn petit guichet.*
*A gros bouillons*: Ronsard au 4. de la Franciade:
—— *En tombant elle saigne,*

A gros

*A gros boüillons.*

*A grosses paroles* : rudes, hautaines, fascheuses. Amiot. Comme on pourra discerner le flateur : *Ils se jetterent sur luy à grosses paroles, à le reprendre amerement.*

*A grosse puissance* : auec de bien grandes forces. Amiot, Es dicts notables des anciens Roys : Comme les Lacedemoniens vinsent à grosse puissance pour faire cruelle aux Thebains.

*A la grosse halaine* : Amiot, Que le vice rend l'homme mal heureux : *Qui est continuellement à la grosse & courte halaine, en peur & en craincte, plein de sueur.* On dict aussi, *Il a faict telle chose à sa courte honte* : *Ils entreprindrent telle besongne à leur confusion &c.*

*A longs souspirs* : Ronsard au 4. des Odes;

> *Qui sa femme morte encore*
> *A longs souspirs regretoit.*

*A membres nuds* : Du-Bellay en son recueil de poësie;

> *Il a veu Mars & Venus,*
> *Enchainez à membres nuds.*

*A monts bossus* : Ronsard au 2. de la Franci de:

> *Vne importune, outrageuse tempeste,*
> *Sifflant bruinant grondant, & se le vant*
> *A monts bossus, soubs le souffler du vent,*
> *Branfle sur branfle, & onde dessus onde,*
> *Entrouvroit l'eau d'vne abysme profonde.*

*A pas mesurez* : Amiot, Que les bestes brutes

D

vient de la raison : *ie laisse à dire , comme les chiens
suiuent les bestes à la trace , comme les poulains mar-
chent à pas mesurez , que les corbeaux parlent , que
des chiens sautent à trauers des cercles tournans.*

 *A petits bonds :* En bondissant & sautelant.
Ronsard au 1.de la Franciade.

  *Ainsi qu'on void la trouppe des cheureaux,*
  *A petits bonds suiure les pastoreaux.*

 *A petites reprises :* Remy Belleau en sa Bergerie : *Les autres be voient à petites reprises dedans
les clairs ruisseaux.*

 *A pieds glissans:* Ronsard au 3.de la Franciade;
  *Quand vn long tour de siecles & d'années,*
  *A pieds glissans pas à pas retournées.*

 *A pleine teste :* Amiot, au 3. des questions de
table, question 9.

  *Aristion criant à pleine teste.*

 *A plein ventre* Ronsard au 1.de la Franciade;
  *Le Vent poupier qui droitement souffla*
  *Dedans la voile, à plein ventre l'enfla.*

 *A plis serrez* Ronsard au 1.de la Franciade;
  ———— *Accoloit son enfant*
  *A plis serrez comme faict le Lierre.*

 *A porte arriere ouverte :* ouverte de tout en
tout. Les Tolosains disent, *Alandade.* Amiot, au
7. des questions de table, question 7. *Et à la fin
ouvrant la salle à porte arriere ouverte.*

 *A soue voix:* A voix basse, à demy voix. Ronsard
en ses Elegies :

Puis d'vn charme à fous voix l'ayant empoifonné.

*A fourci bas* : Ronfard au 2. de la Franciade:

    *Voeuf de plaifir, plein d'angoiffe & de foin,*

    *A fourcy bas, à poitrine pouffée*

    *De longs fanglots.* ———

*A taffes couronnées* Ronf. au 2. de la Franciade:

    *Boire de rang à taffes couronnées,*

    *D'vn cœur joyeux l'vn à l'autre données.*

*A tire d'aifle* : Du-Bellay, contre les enuieux:

    *Les facres encouragez,*

    *Qui volent à tire d'aifle.*

*A toutes mains* : Ronfard au 2. de la Franciade:

    *Fiers au combat tous deux fe redrefferent,*

    *Front contre front fi bien qu'à toutes mains,*

    *A vuides coups, à coups fermes & pleins,*

    *De pointe, taille, & de revers ruerent,*

    *Et en cent lieux leurs mailles defcloüerent*

    *A toute outrance* : de tout fon pouvoir : tranf-lation prife des efcrimeurs à outrance, qui font à pis faire. Amiot, Qu'il ne faut point emprunter à vfure : *I'ay veu le bon homme Mycilus ( difoit Crates ) qui cardoit la laine, & fa femme quand & luy qui la filoit, fuians & combatans la faim à toute outrance.*

    *A vive force* : Amiot, Es dicts notables des anciens Roys *Apres que les Cartaginois eurent efté par luy à vive force desfaicts en bataille.*

    Nous difons pareillement, *Chanter à haute voix: Commencer à la bonne heure : fe fauver à la courfe*

*Trauerser la riuiere à nage, ou à gué : Traicter son aduersaire à toute rigueur, &c.* ar c'est touliours aucunément expoler, en quelle forme ou maniere l chôfe se faict. Combien qu'en telles façons de parler les noms qui font joincts à la prepofition *A*, deuienent le plus fouvent adver esicomme foit parmy les Latins *Serio, Aufpicatò, Sedu-lò Falsò Infperatò, Meritò, &c.* qui en e que ous difons *A certes, o A bon efciant, A la bonne heu-re, A toute diligence. A faufes enfeignes. A l'im prou veuë. A bon droict & jufte occafion, &c.*

A telles locutions doivent estre adjoinctes ces autres manieres de parler où la prepofition *A*, est appofée devant les noms qui fignifient l'in-ftrument dont la chofe eft faicte, auec vn adje-ctif bien fouvant qui denote en quelle forte & fa-çon : comme és exemples fuivans.

*Babiller à langue debridée :* pour, D'vne langue precipitée o desbordée à parler indifcretement. Amiot. Du trop parler : *Ces grands caufeurs qui babillent à langue desbridée.*

*Batre à poings fermez :* frapper des poings clos. Ronlard au 4 de la Franciade :

　　*A poings fermez l'eftomach fe battoit.*

*Claqueter à becs gromelans :* de becs qui ne font que gromeler, fans parler ouvertement & di-ftinctement. Ronfard au 4. des Odes :

　　*La nuict les fantofmes volans,*
　　*Claquetans à becs gromelans.*

*Fendre à coups d'eschine* : couper de l'eschine, ou de l'espine du dos. Ronsard au 1. de la Franciade :

*Tous animaux, ceux qui dans l'air se pendent,*
*Ceux qui la mer à coups d'eschine fendent.*

*Marcher au baston* : appuyé, ou souste u d'vn baston. Comme, *Marcher ou se tra ner à quatre pieds porter à bras*, &c. Ronsard au 1. de la Franciade :

*Marche au baston comme les vieillards font.*

*Mordre à sourdes dents* : mordre des dents sourdement, & sans mener bruit, comme font les Lezards & autres serpens. Ronsard au 3. de la Franciade :

*A sourdes dents les membres luy mordoient.*

*Naviguer à rames, ou à voile* : en ramant de l'aviron, ou haussant les voiles. Ronsard au 1. de la Franciade :

*Pour naviguer à rames mesurées,*
*Dessus le dos des onde azurées*

Et plus bas à la fin du mesme livre :

*Coupoit la mer soubs la faveur du vent*
*A large voile, à rond cercle entonnée.*

*Tendu à cordes* : avec des cordes. Ronsard au 1. de la Franciade :

*Guindent le mast à cordes bien tendu.*

Icy doivent estre raportées ces autres façons de parler où la preposition *A*, sert à designer la matiere & qualité du subject convenable au verbe, ou au participe : & aucunes fois sans y ex-

D 3.

primer le substantif, qui est facilement sous-entendu. Comme quand on dict,

*S'armer à blanc, ou à cru* : pour, d'armures blan-
ches, ou crues ; c'est à dire, qui sont de la pure
couleur du fer tout creu. Amiot, Comment il
faut lire les Poëtes : *Ils virent venir Aiax sur les
rangs bien armé à blanc.*

*Tracer à fils d'or, ou d'argent* : pour, de filets d'or,
ou d'argent. Ronsard au 1. de la Franciade :

------

> *puis sa cape tracée*
> *A fils d'argent, sur l'espaule à troussée.*

Ainsi disons nous semblablement, *Bastir à
chaux & à sable* : pour, avec chaux & sable ; *s'a-
biller à neuf* ; pour, d'estoffes neufves, &c.

A telles manieres de parler appartiennent encore ces locutions où la preposition *A*, est ap-
posée devant le prix de la chose acquise par achat
ou autrement, apres les verbes qui signifient *Acquerir, Avoir, Acheter, Posseder, Tenir, Vendre,
Aliener*, & autres de pareille force, quand on declare à quel prix, & à quelle commodité la chose est achetée ou vendue : car c'est en quelque
sorte expliquer la forme ou maniere de la vente
& acquisition. Comme en ces façons de parler :
*Acheter, ou vendre à non prix* : pour, A vil prix,
& à bon marché. Amiot. Qu'il ne faut point emprunter à vsure : *si tu vends, il veut avoir les choses à non prix.*

On dict aussi à l'opposite, *vendre à haut prix,*

pour, A prix exceſſif, cherement.

*Prendre à poids, & à meſure* : ſelon ſon poids &
meſure. Amiot, au 2. des propos de table, queſtion 10. *Quand chacun prend ainſi comme de l'e-*
*ſtau du boucher, ſa chair à certain poids, & à cer-*
*taine meſure, & met ſa portion devant ſoy.*

Nous diſons de meſme, *Acheter à grands poids,*
*& bonne meſure:Vendre à perte, ou à petit gain, &c.*

---

# DE LA PREPOSITION A,
### miſe devant pluſieurs dictions, qui tie-
### nent place d'Adverbes.

## CHAP. VIII.

**A**Dverbe eſt vne partie d'Oraiſon, laquelle
eſtant appoſée au verbe, ou au nom, ad-
jouſte à leur ſignification certaine façon ou ma-
niere:comme quand ie dy *C'eſt homme eſcrit bien:*
*Il eſt moyennement docte.* Or comme il y a pluſieurs noms Latins qui denotent la forme & maniere dont quelque choſe eſt faicte, leſquels deviennent adverbes en effet, & ſont joints le plus
ſouvent aux verbes, pour monſtrer quelle eſt
leur action ou paſſion: auſſi y a-il pluſieurs mots
François, leſquels reveſtent & prennent la nature d'Adverbe au moyen de la prepoſition A, qui
leur eſt quaſi collée au devant en meſme dictiō,
& fait qu'ils ont force d'Adverbe en beaucoup

D 4

de manieres de parler, qui nous ont propres &
peculieres, lesquelles sont trop plus agreables, &
mieux receües que les adverbes mesmes. Car
c'est chose qui sonne bien mieux quand ie dy:
*Iean fait cela bien à droit*, que qui diroit, *Iean
fait cela droitement*. Nous avõs icy recueilli quelque nombre de telles locutions, qui semblent
faire plus à noter, & les avons rangées par ordre,
suivant leurs significations d'Adverbe, lesquelles
sont fort diverses.

### ADVERBES D'AFFIRMATION.

Car aucuns Adverbes sont Affirmatifs; c'est à
dire, ont vne signification affirmatiue: comme
ceux-cy,

*A bon escient*: pour, Sciamment, & non par
faintise, ou simulation: serieusement. Amiot, au 1.
liure des propos de table. *Ouy dis ie, il y en a, qui
non seulement le refusent, mais qui s'en mocquent à
bon escient, & à certes*. Et ailleurs, Es dits notables des anciens Rois. *Ceux qui font à bon escient,
là où il faut iouër & rire; apresterout aussi à rire là
où il faudra faire à bon escient*.

Il est aussi pris aucunefois pour, Grandement,
& bien fort. Amiot, de la mauvaise honte: *Les
nourrices mesmes bien souvent en cuidant nettoyer
& frotter la crasse des petits enfans, elles leur escor-
chent le cuir, & les offencent à bon escient*: c'est à
dire, grandement. Nous disons aussi:

*A son meilleur escient*: pour, de son meilleur sens,

bien à bon etciant. Amiot, Comment on se peut
joüer soy mesme:

——— *or le coup je leur monstre*
*Quant est de moy à mon meilleur esciant.*

*A* certes : certainement, & au vray : veritable-
ment. Amiot en l'opuscule, Pourquoy la Iustice
divine &c. parlant de la rigueur des tormens
d'enfer: *qui en aspreté & vehemêce surpassent d'au-*
*tant plus les corporels, que ce qui est vray est plus à*
*certes, que ce qui apparoit en songe.* Il est auth pris
pour, le ieu emeut, & non par ieu. Amiot, Es
dicts notables des anciens Roys parlant de Iules
Cæsar : *Quand il veit que pour les premiers admo-*
*nestemens, ils n'en faisoient rien, il leur dit à certes:*
*escoutés vous autres jeunes gens vn vieillard que*
*les vieillards ont bien escoute quand il estoit jeune.*

*A la vraye verité:* certainement, selon verité.
Amiot, Du bannissement: *Mais à la vraye verité,*
*elle vague & estre chassée par les divines loix &*
*statuts.*

### DE DOVBTE.

Les autres à l'opposite servent à douter: côme,
*A l'avanture:* pour, peut-estre, par avanture For-
san. Amiot, De la nourriture des enfans: *Pour*
*bien traiter de la nourriture des enfans de bonne*
*maison & de libre condition, à l'avanture vaudra-*
*il mieux commencer vn peu plus haut, à la genera-*
*tion d'iceux.* Ce terme est aussi pris pour, par cas
d'adventure, fortuitement: *Forte fortuna.* Amiot

en l'opuscule, d'Isis & d'Osiris: *Ce monde n'est pas flottant à l'avanture, sans estre regi par providence & raison.*

## DE COLLECTION.

Il y en a qui signifient Collection, ou congregation : comme, *A tout* pour, Avecques tout. Amiot, Es vies des dix Orateurs:

*La Macedoine à toute sa vaillance,*
*N'eust sur la Grece onc eu commandement.*

Et en la consolation à Apollonius:

*Mais si tu as à toute mesme loy*
*Que nous, humé cest air icy publicque.*

Et plus bas: *Car à lors il se verroit que la plus part de ceux qui se pleignent, seroient bien aises de se contenter de leurs adversités & mal-heurs, & s'en aller à tout.* Alain-Chartier en son Curial : *Assés te trouveras loüé de tes œuvres, si aucuns en y a dignes de memoire, mais à tout celle loüange on te laissera disetteux.*

Ainsi disô-nous, *Boire à tout le pot, ou à mesme le seau:* pour, avecques le pot, ou dãs le seau mesme, l'ayant à cõmandement, & le tenãt en ses mains.

## DE SEPARATION.

Les autres signifient *separation:* Comme, *A par soy & à par luy :* pour, Separeement, de par soy. Amiot, Es vertueux faicts des femmes; *Elles tindrent assemblée de conseil à par elles là dessus.* Et au traitté, Que signifioit ce mot *en Qu'il y auoit sept lettres qui seules à par elles rendoient chas-*

*eune leur voix propre.* Et au 1. livre des opinions des Philofophes, Chap. 10. *Idée eft la fubftance du corps, laquelle ne fubfifte pas à par elle.*

### DE COMPARAISON.

Plufieurs denotent comparaifon, ou fimilitude: Comme ceux cy.

*A comparaifon*: au refpect, à l'efgal: *Ad Inftar,* venant à comparer l'vn à l'autre. Amiot, en l'Inftruction pour ceux qui manient affaires d'eftat: *Toutes les flatteries, attraicts, & allechemens des autres, ne font que faux appafts & amorces baftardes, au pres & à comparaifon de la prudence, bonté, & diligence de luy.* Et de mefme, *A mefure, ou à raifon*: comme, *A mefure que l'vn avance, l'autre recule: &c.*

*A la concurrance*: à l'envy, par concours. Amiot, Es dits notables des anciens Rois, parlant de Scipion: *Appius Claudius brigoit à la concurrence de luy, l'office de Cenfeur, & difoit pour rendre fa brigue plus favorable, &c.*

*A la mefme forte*: de mefme, femblablement. Amiot, Comment on pourra difcerner le flateur d'avec l'amy: *Le flateur fait tout à la mefme forte que le Chameleon, lequel fe rend femblable & prend toute couleur fors que la blanche.*

Nous difons auffi: *A meilleur droit, A plus forte raifon, &c.*

*A l'efgal*: pour, ne plus ne moins, tout ainfi, de mefme. Ronfard au 1. de fes Oeuvres:

D 6

*Qui sous le voile apparoisse à l'egal*
*Que fait vn lis enclos dans vn crystal.*

*A pair* : a l'esgal, à comparaison. Baïf au 2: de ses Mimes:

*Le sage à qui rien n'est nuisible,*
*Sans s'esbranler, gaillard, paisible,*
*A pair d'vn Dieu va vigoureux:*

C'est à dire, comme vn petit Dieu: a l'esgal d'vn Dieu.

### D'INTERROGATION.

Aucuns sont Interrogatifs de la cause: comme ceux cy, lesquels sont vulgaires.

*A qu'elle fin: A qu'elle occasion; A quel propos:* &c. Qui est ce que les Latins disent, *Quare, Quamobrem,* &c.

### DE CAVSE.

Les autres sont significatifs de la cause pourquoy quelque chose est faite : comme quand nous disons,

*A bonne cause* : pour, iustement, à iuste raison: *Meritò.* Amiot, Comment il faut ouyr : *Et pourtant à bonne cause vouloit Xenocrates.* Et de mesme, *A l'occasion dequoy; A raison de luy* &c.

### DE LIEV.

Il y en a qui sont locaux : c'est à dire, qui seruent à denoter certain lieu; comme,

*A la ronde: Au tour: A l'entour:* lesquels signifient tous mesme chose. Ronsard au 3: des Odes:

*Ces grands peuples reculez*

*A l'escart de nostre monde,*
*Des flots de Thetis salez*
*Couronnés tout à la ronde.*

Telles sont aussi ces autres locutions, *Abas,*
*Afond, Aval, Amont, &c.* estans prises pour
vn seul mot, composé de la preposition *A,* qui
est là sans regime, & de la diction suivante, à la
façon des autres Adverbes composés.

### DE NOMBRE.

Il s'en trouve qui servent à designer certain
nombre, comme ez exemples suivants.

*A huict jours l'vn de l'autre:* pour, apres huict
jours: dans huict jours apres. Amiot, en la consolation envoyée à Apollonius: *Luy estans ces deux*
*fils, tous deux beaux ieunes hommes, morts à huict*
*jours l'vn de l'autre, il n'en porta oncques le dueil.*

*A maints coups:* à plusieurs coups, à diverses
fois, fort souvent. Ronsard au 4 de la Franciade:
*Prist vn fuzil, & frayant à maints coups*
*Le dos du fer rencontre les cailloux.*

*A vne boutée* pour, D'vn seul coup, par vn seul
effort. Amiot, De la fortune des Romain: *Vn seul*
*homme à vne boutée, & vn seul voyage, leur con-*
*quist l'Armenie, le Royaume de Pont, &c.*

*A vne fois:* tout à vn coup. Alain Chartier en
son Curi. *L'Eschape à vne fois le danger de fortune,*
*& oublie tout, fors que aussi bien, tost ou tard, te*
*convient il mourir.*

*A plusieurs fois:* à plusieurs boutées, à diverses

fois. Amiot au traicté, de la cholere : *Il me semble que les Peintres font sagement de contempler à plusieurs fois leurs ouvrages par intervalles de temps, auant que les tenir pour achevez.* Nous difons femblablement, *Tuer vne befte à plusieurs coups, ou à vn feul coup & foudainement: Avaler des pillules à deux ou trois prises: &c.*

## D'ORDRE.

Il y en a qui fignifient certain Ordre: comme *Après*, & autres femblables Adverbes compofez de la prepofition *A.* Et de mefme aufsi,

*A tour de rolle*, pour, Alternativement, par ordre, chafcun à fon tour. Amiot, Comment il faut refrener la cholere ; *Quand l'on apporta la grande coupe à boire d'autant à tour de rolle.*

### DE DESORDRE ET CONFVSION.

Quelques autres fignifient defordre : comme ceux qui fuiuent ;

*A la desbandée* : desbandéement, & confufement : fe jettant hors des bandes, & rangs des troupes. Amiot, Es dits notables des anciens Rois: *Chabrias capitaine des Atheniens a esté défait quelque bien petit nombre de Thebains, qui par trop d'ardeur de combattre voient couru à la desbandée tout contre les murs de Corinthe.*

*A la desbordée* : desbordéement, fortant hors des limites & bords. Amiot, De la vertu morale, parlant de l'esbranlement & inftinct qui procede de l'habitude : *Et quelquesfois außi au contraire se laisse aller à la desbordée estant dissolu & desordonné.*

*A val de route :* pour, Confusement, en desordre, desregléément. Amiot, Es vertueux faicts des femmes : *Il aduint qu'il fut rompu en vne bataille avec les Perses, lesquels fuyans à val de route vers leur ville, &c.*

## DE QVANTITE'.

Quelques vns sont de Quantité : Comme entre autres ceux-cy.

*A l'infiny :* pour, Infiniement. Amiot, En la consolation envoyée à Appollonius: *se laisser emporter hors de mesure à la douleur, & augmenter son deuil à l'infiny, est contre la nature.* Et en l'opuscule, Des oracles qui ont cessé: *Voiant que la matiere de sa nature se respand & se despart en plusieurs parts, sans demeurer en vn, & que la raison aussi ne souffre pas qu'elle s'en aille à l'infiny.*

*Au loing, & au large :* pour, Bien loing, largement & amplement : qui est ce que les Latins disent, *Longè latéque.* Ronsard au 4. de la Fráciade:

> *De ce grand Roy l'acquise renommée*
> *Sera si large, & si au loing semée.*

*A moitié :* par moitié, pour la moitié. Amiot, Comment il faut ouir : *Par plus forte raison donc ques beaucoup plus en a l'auditeur, car il est à moitié de la parole avec celuy qui dict, & luy doit aider.*

L'on dict semblablement, *Prendre à demy fruits venir à beaucoup, ou à peu : à tout le moins, &c.*

## DE QVALITÉ

La plus part denotent certaine Qualité, laquelle ils adjouſtent à la ſignification du verbe, ou du
nom : comme ceux-cy.

*A bouche ou à dos* : pour, Sur la bouche, ou ſur
le dos. Ronſard au 3. de la Franciade :

> *Deſſus vn coffre à bouche ſe coucha.*

*A clair* : pour, Clairement. Bait en ſon 1. devis de Lucian :

> *Ie voy meſme Ide & tout Gargare*
> *A clair, ſi mon œil ne s'eſgare.*

*A cœur* : comme quand on dict, *A voir à cœur,*
*Prendre à cœur,* pour, Embraſſer ou affectionner
ſerieuſement, & à bon eſciant. Baif au 2. de ſes
Mimes : *Rien à cœur, mais pren tout en ieu.*

*A cœur ſaoul:* pour, Abondamment, à plaiſir & à
ſouhait. Amiot, Du baniſſement *Iouir à cœur ſaoul*
*du repos & loiſir dont les autres ſont affamez.* Et ailleurs, Es demandes des choſes Romaines : *Pour*
*eſtre trop nourris, & pour manger à cœur ſaoul.* L'on
dict auſſi, *A voir à contre-cœur: Prendre ou porter à*
*contre-cœur, &c.*

*A coup* : pour, Soudainement, d'vn ſeul coup.
Alain Chartier en ſon Curial : *Romps doncques le*
*lien de ta vie, qui te tient en ceſt amer ſervage & te*
*deſlivre à coup de meſchefs infinis, par vn tout ſeul*
*meſchef*

*A contre-poil* : au rebours, mal, & autrement
qu'il ne faut. Amiot, Comment il faut ouyr: *Car*

il y en a plusieurs qui prenent mal & à contre poil
vn dire de Pythagoras.

*A desdain* dedaigneusement, & avec mespris:
comme en ces façons de parler: *A voir à desdain,
Prendre, ou venir à desdain:* pour, Desdaigner, reie-
ter avec desdain. Ronsard au 2. de la Franciade;

    *Vien au combat, tu n'auras à desdain*
    *Quand tu mourras d'vne si forte main.*

*A droict:* pour, Droictement, comme il apartient. Amiot, Comment on pourra discerner le
flateur d'avec l'amy: *Carneades souloit dire que les
enfans des Roys & des riches n'apprenoient rien à
droict qu'à piquer & manier des chevaux, & rien
autre chose.*

*A faict:* pour, Entierement, de tout point, ve-
ritablement, & de faict les Latins disent, *omninò.*
Amiot, De la mauvaise honte: *Voila pourquoy il
ne faut pas en voulant effacer à faict aux jeunes gens
ceste honte excessive, &c.* Et au traité, De ne
point emprunter à vsure; *Car quant à ceux qui
aiment mieux mettre leurs biens en gage, & les hy-
potecquer pour avoir de l'argent à vsure dessus, que de
les vendre à faict.*

*A froid:* froidement; comme, *Battre à froid,*
c'est à dire; lors que la matiere est froide. Amiot,
Des oracles qui ont cessé: *Et des mines, nous sçavons les vnes perir & faillir de tout point, comme
celles d'argent au pays d'Attique, & d'erain en Ne-
grepont, ou l'on forgeoit anciennement les espées battues*

*à froid.*

*A gré* : agreablement & de bon cœur. Ainsi disons nous, *Voir à gré. Prendre ou recevoir à gré,* &c. Ronsard au commencement de ses Odes,

———— *Ie te suppli' de prendre*
*A gré ce petit don.* ————

L'on dict encore, *Venir à gré.* Baif en son Eclogue 7.

> *Si ie n'y puis venir, te vienne bien à gré*
> *Ma musette pendue à ton lorier sacré.*

*A la Grecque* : pour, A la mode & façon des Grecs. Amiot, *Comment on pourra discerner le flateur d'avec l'amy : Il laissera croistre sa barbe longue iusques aux pieds par maniere de dire, se vestira d'vne robe d'estude à la Grecque, sans faire conte de sa personne.*

*A la soldate* : à la façon des Soldats, hautainement & superbement. Amiot, *Comment on se peut loüer soy-mesme :*

> ———— *il m'assomme*
> *Quand il me faut endurer d'ouyr, comme*
> *A la soldate, il rencontre aigrement*

Ainsi disons nous, Vivre à la Françoise : s'abiller à l'Italienne : marcher à l'Espagnolle, &c.

*A la traverse* : tout à travers, à guise d'vne traverse. Amiot, *De la vertu morale : Mais s'il s'y met quelque passion à la traverse, alors le plaisir ou desplaisir y engendre combat & dissention.*

*A la volée* : legerement. Amiot au 2. livre des

propos de table, question 1. *Nous nous offençons*
*plus & sçavons plus mauvais gré à ceux qui parlent*
*à certes gravement, qu'à ceux qui parlent à la volée*
*legerement.*

*A la volée:* en homme leger & avolé: indiscre-
tement & sans y penser. Baïf au 2. devis de Lucian :

> *Vne fois comme à la volée*
> *Prenoy prez d'elle ma volée.*

*A l'improveu:* ou *à l'improveüe* : pour, Soudainement, & sans y avoir pensé, *Insperatò.* Amiot,
Si l'on profite en l'exercice de la vertu : *Quand il*
*se presente soudainement à l'improveu quelque grand*
*& sage personnage.*

*A mesme :* pour, A plaisir, & à souhait, à commandement. Baïf au 1. de ses Mimes :

> *A mesme tout, & ne rien faire,*
> *C'est des cœurs la perte ordinaire.*

Comme s'il eut dict : Auoir tout à commandement, & n'en point vser comme il appartient,
&c. Et derechef au 2. livre des Mimes :

> *Dieu seul tout parfaict & tout sage,*
> *Nous met à mesme son ouvrage :*

c'est à dire, nous met les creatures en main & à
commandement pour en vser à nostre gré. Le
mesme en son Brave,

> *Rognés bref, prenez le couteau,*
> *Tranchez à mesme le chanteau.*

Et en son Eunuque :

*Dequoy m'as tu iamais requis,*
*Qui a mesme aussi tost ne t'ay mis?*
Et en sa 14. Eclogue, parlant des Grenouilles :
*Estant à mesme elles n'ont soin*
*Qui leur donne à boire au besoin.*

A mespris: comme, A voir à mespris, pour, Avoir
à desdain, mettre à nonchaloir, reietter avecques
mespris. Ronsard au comencement de ses Odes :
*Et bien qu'ils soiet seigneurs, iamais n'ont à mespris*
*Des pauvres les presens, tant soient de petit prix.*
Nous disons aussi, *Laisser à mespris*, *Mettre à*
*mespris*, & *Tenir à mespris* : pour, Negliger des-
daigneusement. Baïf en son Antigone :
*Mais le laisse à mespris sans dueil, sans sepulture.*
Et ailleurs :

        *Faut-il mettre à mespris*
        *Tn don de si haut pris.*
Et de rechef en son Antigone,
*Souille, & tiẽ à mespris le sainct boneur des Dieux.*

A nud : nüement, à descouvert & sans veste-
mens. Amiot au 2. livre des questions de table,
question 4. *Et approchant le iour que devoient*
*combatre les combatans à nud.* Et, Si l'on profite en l'exercice de la vertu *Et n'a point encore veu*
*à nud, & au vray la vertu ; ains seulement en dor-*
*mant & en songe, en a pensé entrevoir quelque om-*
*bre, & quelque image.*

A passades : En passant viste. Ronsard au 2. de
la Franciade,

——————_mainte amoureuse flamme_
_Qui de leurs yeux à passades voloit._

_A plaisir_; avecques ioye & plaisir. Amiot, au 2.
livre des propos de table. question 1. _Les Rois_
_prenent à plaisir quand on parle à eux , comme s'ils_
_estoient pauvres & hommes privés._

On lit de mesme, _Avoir à plaisir: s'il vous_
_vient à plaisir; Travailler à plaisir; &c._

_A plat_: tout à fait, entierement. Baif au 1. devis
de Lucian,

    _Car ie refuse tout à plat_
    _Estre Iuge d'vn tel debat._

_A pur & à plain_; purement & simplement.
Amiot, Comment on pourra discerner le flateur
d'avec l'amy: _Cephisocrates absous à pur & à plain_
_alla remercier & caresser les Iuges de la bonne Iusti-_
_ce qu'ils luy avoient faite._

_A repos_; paisiblement & tranquilement. Amiot,
Es dicts notables des anciens Roys; _Scipion l'an-_
_cien estant à repos des affaires ou de la guerre, ou du_
_gouvernement , employoit tout son loisir à l'estude_
_des lettres._

_A sauveté_; sain & sauve. Amiot, Des estranges
evenemens pour l'amour: _Ainsi les mille ieunes_
_hommes, avant qu'ils fussent chargés, se retirerent à_
_sauveté dedans Corinthe._

_A seur_: pour, assurée ment Tuto: comme en c'est
ancien proverbe: _Il n'est pas à seur à qui ne mes-_
_cheut oncques._ Et en c'est autre. _A seur dort qui_

n'a que perdre.

*A seureté*; auec asseurance, à seur. Amiot, Es
dites notables des anciens Rois : *Apres leur auoir
fait monstrer à seureté tout son camp , leur permit de
s'en retourner.*

*A son pouuoir*; pour, Grandement, de tout son
pouuoir. Amiot, En l'instruction pour ceux qui
manient affaires d'Estat: *Et approuuera bien les or-
donances & statuts de Solon en plusieurs autres choses, taschant à les ensuiure & obseruer à son pouuoir.*

*A vide,ou à vuide*: deschargé, qui n'a rien dessus. Baif au 2.de les Mimes ;

　　*Qui descend,& quitte la bride,*
　　*Son cheual peut courir à vide,*
　　*Et luy à pied demourera.*

Nous disons semblablement , *Combatre à che-
ual*; *Courir à pied*, *Discourir à propos*: *Faire quelque
chose à point* : c'est à dire , bien & proprement;
*Marcher à toute diligence*; *Patir à bon droit , ou à
tort*: *Poursuiure à cor, & à cry*, &c.

## DE TEMPS.

Quelques autres denottent certain temps:
comme ceux-cy.

*A la continuë*; pour,continuellement,ou à con-
tinuer. Amiot, Es vies des dix Orateurs; *Pour vne
premiere carriere sçauent bien faire la guerre; mais à
la continuë, non.*

*A la journée* : journellement , de iour en iour.
Amiot, Comment il faut ouyr; *mais puis apres en*

continuant petit à petit, il s'engendre à la journée vne familiarité & cognoissance grande, ainsi qu'il se fait envers les hommes.

*A la longue*: pour, Par trait de temps. Amiot, Es demandes des choses Grecques; *Au moyen dequoy craignans qu'à la longue cela ne leur apportast quelque remuëment.* Il est aussi pris pour, Fort longuement Amiot, Es dits notables des anciens Rois. *Mais despuis quand on vist que la guerre contre le Roy Perseus alloit trop à la longue, par l'ignorance, paresse, & lascheté des Capitaines que l'on y envoyoit &c.*

*A tant*: pour, Tandis, Cependant. Amiot, de la nourriture des enfans: *Mais à tant ie retourneray à mon propos.* Il est pris encore pour, Iusques icy, Amiot, Pourquoy la iustice divine &c. *Mais à tant est-ce asses de cela.*

*A tousiours*; pour, A perpetuité, à tous les iours. Alain Chartier en son Curial; *Et plaindras à tousiours la ruyne de ta nation, quand les estrangers feront de toy spectacle de mocquerie.*

Ainsi disons nous encore, *C'est ma robbe à tous les iours*: pour, de tous les iours. A iamais, pour, Perpetuellement: A toute heure: A tous pas, & A tous propos: pour, Souvent.

L'vsage de ceste preposition *A*, s'estend en infinies autres belles locutions, qui sont toutes fort elegantes: mais ce ne seroit iamais fait qui voudroit s'eslargir à les deduire de rang vne à vne: ce peu que nous en avons discouru suffira.

# DE LA PREPOSITION

## DE.

ES l'entrée du traicté des prepositions, vous avons obserué, que
*De, Du, Des*, ne sont pas trois prepositions diverses, ains vne seule
diversement variée, qui est *De* laquelle marche à l'esgal de la preposition *A*, &
sert avec elle à representer la varieté des cas du
langage Grec & Latin. Car comme la preposition *A*, sert au Genitif, Datif, Accusatif, &
Ablatif : aussi la preposition *De*, sert au Genitif,
& Ablatif. Et comme la preposition *A*, sert
aux verbes de mouvement local, aussi fait la preposition *De*. Vray est qu'il y a ceste difference,
que la preposition *A*, signifie aller & s'achemi-
ner vers le lieu, & *De*, signifie en revenir : car
on dit *Aller à la ville, au Palais, aux halles* : Et à
l'opposite, *Revenir de la ville, du Palais, des halles.*
Or sont bien ces deux prepositions fort pareilles & raportantes en plusieurs choses, toutesfois
la preposition *De*, a cest adventage & prerogati-
ve par dessus l'autre, que les noms ne peuvent
gouverner

gouverner aucun nom, ne participe, ou pronom,
ſi ce n'eſt par elle, qui ſe logeant entre deux pour
monſtrer la dependance ou relation des choſes
ſignifiées, eſt regie du nom precedant, & regiſt
l'autre qui ſuit apres. Ce que ne fait pas la prepoſition *A,* laquelle eſt pluſtoſt acquiſitive que
poſſeſsive, & veut partant eſtre gouvernée par
verbes, ou participes acquiſitifs, expres, ou ſous
entendus. Mais en fait de gouvernement de nom
à nom, la prepoſition *De,* eſt neceſſairement re-
quiſe, pource qu'elle denote l'origine & poſſeſ-
ſion, le nombre, meſure, ou autre raport, & cauſe
ſemblable, pour laquelle vne choſe appartiét, ou
depend d'vne autre : laquelle cauſe les Grecs &
Latins declarent par leur Genitif. Comme quand
on dit, par exemple; *Race de Priam; valeur d'He-*
*ctor: Bouclier d'Aiax; Compagnons d'Vlyſſe : Paire*
*de beufs Couple d'amis; Multitude de ſoudards; Eſſe*
*duë de pays; Valet de Chambre; Beſte de Voiture, ou*
*de ſelle &c.* Ceſte prepoſition *De,* a pareillement
ceſte grace, que le ſubſtantif devant lequel elle
eſt miſe, eſt aucunefois pris pour adjectif, avecques trop plus d'elegance & naïveté que ſi l'on
vſoit de l'adjectif meſme. Ainſi diſons nous,
*Homme de courage,* pour, Courageux. *Homme de*
*cheval, ou de pied,* pour Chevalier, ou pieton. Et
de meſme,

    *Amy d'eſpreuve,* pour, Amy certain, & bien
eſprouvé. Ronſard au 1 des Odes:

                         E

*Amy d'espreuve qui s'efforce*
*secourir les siens au besoin.*

Traits de picqueure: pour, Traits poignants, ou picquants. Amiot, Comment il faut lire les poêtes *Porter doucement & patiemment les mocqueries, trait de picqueures, & risées que l'on leur en pourroit bailler.*

Elle fait aussi que les substantifs prenent bien souvent nature d'adverbe: comme par exemple, *Courir de vistesse*, pour, vistement: *Vivre de providence*, pour, providemment *De frais*: pour, tout freschement & de nouveau. Baïf en sa Eclogue 13.

*Plus blanche que du lis la fleur de frais esclose.*

Quand on veut aussi loüer ou blasmer quelque chose d'vne de ses parties, ou de certaine qualité qui est en elle, si l'adjectif qui signifie loüange ou blasme, se raporte au nom de la chose loüée, ou blasmée, l'on vse fort elegamment de la preposition *De*, devant le nom de la partie ou qualité; comme en ces façons de parle ; *Blanc, ou Beau de face*: qui à belle, ou blanche la face.

*Chenu de meurs* ; qui est vieil & ancien quant aux meurs, Ronsard au 1. des Odes:

*Chenu de meurs, ieune de force.*

*Laid de coüardise*; qui est enlaidy par telle qualité. Amiot, comment il faut lire les poëtes:

*Les enfans sont fort laids de coüardise,*
*Aussi sont-ils certes d'intemperance, de superstitio, d'envie, & de tous les autres vices & maladies de l'ame.*

ord de luxure : souillé de l'ordure & vilainie de lubricité. Ronsard au 4. de la Franciade:

> *Ord de luxure, infect de volupté,*
> *Au cœur paillard, des vices surmonté.*

On dit au contraire : *Entier de tous vices; Pur de toute tache & souilleure &c.*

Et non seulement les adiectifs qui signifient loüange ou blasme, mais aussi presque tous les adiectifs verbaux qui ont signification active, ensemble les participes pris à la façon des noms, & beaucoup d'adiectifs qui semblent estre verbaux, reçoivent la preposition *De*, devant le mot regi par le verbe duquel ils descendent : comme ez manieres de parler suivantes. *Convoiteux de gloire*: qui convoite gloire & honneur.

*Amy de fricassée, & de nape mise* : qui ayme les fricassées & bons morceaux.

*Poursuivant de repues franches*; qui fait estat de suivre les bonnes tables, & franches repues. Amiot, Comment on pourra discerner le flateur d'avec l'amy: *Car ceste figuration est celle d'vn escornifle & poursuivant de repues franches, & de ces amys de fricassée, & de nappe mise.*

*Patient de travail* : qui porte volontiers le travail Amiot, Si l'homme d'aage &c. *Prouveu encore qu'elle rencontre vne nature patiente de labeur.*

*Nonchalant de son habit* : qui ne tient conte de son habit. Alain Chartier en son Curial, *vne vieille desservie, & comme nonchalante de son habit,*

E 2

maigre, triche, & fletrie.

*Puissant de faire* : qui peut faire quelque chose.
Ronsard au 1. de ses Oeuvres :

*Vn œil puissant de faire iour les nuicts.*

*Mespriseur de travaux* : qui mesprise les travaux :
comme *Dompteur de Monstres* : qui dompte les
monstres : & ainsi des autres. Ronsard au 4. de la
Franciade :

*Princes hardis, mespriseurs de travaux.*

Item, tous les adjectifs & verbes qui signifient plenitude, abondance, voisinage, affinité, similitude, conformité : ou au contraire, disette, privation, esloignemēt, dissimilitude, diversité, separation, & choses semblables : comme aussi les cōparatifs, & autres dictions de pareille force, reçoivent apres elles la preposition *De*. Ainsi disons nous, *Remplir de science* : *Combler d'honneur* : *Souler de pain* ; *Abreuver de vices* ; *Recompenser de plusieurs biens* : *Delivrer de peine* : *Decharger de souci* ; *Priver de ses moyens* : *Exempt de tailles* : *Vuidé de passion* : *Denué d'argent* : *Exilé de son pays* : *Chassé de sa maison* : *Proche de l'Eglise* : *Cōforme de mœurs* : *Dissemblable de visage* ; *Plus haut d'vn pied* ; *Long de trois annees* ; *A l'esgal des autres*. Et de mesme aussi.

*Ressembler de beauté* : pour, *Estre de beauté semblable*. Ronsard en ses Epitaphes :

*Certes ie les diroi du sang Valesien,*
*Qui de beauté, de grace, & de lustre ressemble.*

*Au liz qui naift, fleurit, & languit tout enfemble.*

*Paffer de proüeffe, & de vertu :* furmonter en
proüeffe & vertu. Ronfard en fes Mafcarades :

> *Tu pafferas tous les mortels*
> *De bon efprit, & de proüeffe.*

Et plus bas :

> *Qui pafferoit de vertu le Soleil.*

Nous vfons femblablement de la prepofition
*De,* apres toutes fortes de verbes, & apres plufieurs adjectifs, pour defigner la caufe efficiente
de quelque chofe ( mefmement quand elle eft
naturelle) laquelle les Latins expliquent par leur
Ablatif, moyennant la prepofition *Præ,* ou autre
de pareille force, & bien fouuant fans prepofition : comme, *Rougir d'ignorance : Defecher d'en-*
*nuy : S'engraiffer de dormir : Tempefter d'yvrongne-*
*rie : Hay ou aimé de telle chofe : Eftonné des vents*
*contraires : Puny de tel crime : Pafle de froid : Pefant*
*de vieilleffe : Malade de trop boire : Recreu du chemin :*
*Irrité de tels propos :* & autres pareilles locutions
où la prepofition *De,* eft fignificative de la caufe,
& peut eftre refoute & declarée par les prepofition *Par, Pour, A caufe, A raifon* comme l'on
peut voir ez locutions & manieres de parler fuivantes, qui font à notter.

*Refonner de chanfons :* pour, Retentir du fon
des chanfons, ou à caufe du fon des chanfons:
comme, *S'efveiller du bruit que l'on oit,* à caufe
du bruit. Bruit en la 6. Eclogue:

E 3

*Ces coftaux, verdoyans de vignes plantureufes,*
*Ne refonnent de rien que de chanfons joyeufes.*
Flamboyer de rubis : à raifon de l'efclat des rubis. Ronfard au 2. de la Franciade :

*Orna fon chef, flamboyant de rubis.*

Verdoyant de vignes : à caufe des vignes, ou de leur feuillage. Baïf en ce vers de fon Eclogue 6. cy deffus cotté :

*Ces coftaux verdoyans de vignes plantureufes.*

Bragard de fa jeuneffe : à raifon de fa jeuneffe. Ronfard parlant du Serpent quand il renouvelle fa peau :

*Droict de vers le Soleil il dreffe fa poitrine,*
*Efchauffant les replis de fa gliffante efchine,*
*Bragard de fa jeuneffe, & en cent nœuds retors,*
*Accourcit, & alonge, & enlaffe fon corps.*

Qui eft ce que Virgile a dict au 2. de l'Æneide:

*Nunc pofitis novus exuviis, nitidufque iuventa,*
*Lubrica convolvit fublato corpore terga,*
*Arduus ad folem.* ——

Fier de fon Roy : à caufe de la prefence du Roy. Ronfard au 2. de Franciade :

    —— *le char qui va fans peine,*
*Fier de fon Roy, fur les vages le meine.*

Esblouy d'esbahiffement : pour raifon de certain esbahiffement. Amiot, Comment il faut lire les Poëtes : *Qu'il ne demeure pas pour cela esblouy d'esbahiffement de l'heur des richeffes.*

Infame de ma mort : diffamé à cefte occafion.

Remy Belleau en fa Bergerie :

> *Poßible quelque iour cefte roche vantée,*
> *Infame de ma mort, ne fera plus hantée.*

*Caterre venu de hanter l'eau* : venu pour avoir hanté l'eau. Baïf en fon Brave :

> *Ie l'ay perdu par vn caterre*
> *Qui m'eft venu de hanter l'eau.*

Cefte prepofition *De*, eft auffi mife devant tous noms fubftantifs qui fignifient Comment, c'eft à dire, par quel moyen, ou de quelle forte vne chofe eft faicte : & vaut alors tout autant que la prepofition *Par.* Comme en ces manieres de parler :

*Affaillir d'injures* : pour, Par injures. Ronfard en la refponfe aux Miniftres :

> *Qui d'injures affaut, & d'injures refpond.*

*Affeurer de fa prefence* : pour, Par fa prefence. Amiot, Si l'homme d'aige, &c. *Là ou à fon arrivée premierement il appaifa tout le trouble en les affeurant de fa prefence*

*S'encufer de fon rabat* : fe defcouvrir & manifefter par le bruit qu'on meine. Baïf en fon Eunuque :

> *Ie me fuis perdu comme vn rat.*
> *Qui s'encufe de fon rabat.*

*Ployable de larmes* : par pleurs & par larmes : en gemiffant & pleurant. Baïf en la 8. de fes Eclogues :

> *Moins que ces rocs de mes larmes ployable.*

E 4

ſerf de volonté: c'eſt à dire, volontairement, parce qu'on le veut. Amiot, De la nourriture des enfans: *Eſtans nez libres de condition, & ſe rendans ſerfs de volonté.*

Ainſi diſons nous. *Eſtre pere de nature Travaillé de maladie: Affligé de grief ve peſtilence: Appaiſer Dieu de ſes prieres: Endurer d'vn eſprit tranquille: Eſcrire de diverſes manieres. Honorer de tous ſervices poſſibles: Sauter de merveilleuſe dexterité,* &c.

L'on en vſe encore fort elegamment devant tous les noms qui ſignifient l'inſtrument duquel on ſe ſert à faire quelque choſe, lequel les Latins mettent ſemblablement en leur Ablatif. Comme és locutions ſuivantes:

*Attendre de l'eſpieu:* avecques l'eſpieu en main. Baïf en la 9. de ſes Eglogues·

> *Adonne laiſſa pas de croire ſon courage,*
> * *Et de l'eſpieu touſiours la beſte plus ſauvage.*
> *Il attend* ——

*Commander d'vne picque:* tenant vne picque. Ronſard au 1. livre des Hymnes:

> *Ie le voy ce me ſemble au milieu des Soldars·*
> *Commander d'vne picque.* ——

*Luire d'vn œil:* luire avec vn œil. Baïf en la 8. Eclogue:

> —— *le tout voyant Soleil,*
> *Qui luit par tout, luit il de plus d'vn œil?*

*S'appuyer de ſon Sceptre:* ſur ſon ſceptre. Ronſard au 1. de la Franciade:

*Luy de fon fceptre au milieu s'appuya.*

*Siffler de la langue* : avecques la langue. Ronfard en la defcription d'vn Serpent :

*Sifflant à col enflé de fa langue à trois pointes.*

*Toucher de fagettes* : fraper & chiffler en avant à coups de fagettes. Baïf en fon Eclogue 4.

*Maints amoureaux aiflés & derriere & devant,*

*De fagettes, & d'arcs, touchent l'afne en avant.*

On s'en fert auffi devant le nom de la matiere dont la chofe eft faicte, ou du fujet qui cóvient au verbe, ou à l'adjectif : comme, *Couvrir d'argent* : *Tapiffer de fleurs* : *Calice faict d'or* : *Enrichy de perles* : *Iouïr de fes biens* : *S'acquiter de fa charge* : *Vivre de rapine* : *Vfer de l'occafion* : *Marqueté d'ivoire* : *Veftu de foye.*

Les verbes qui fignifient ioye, trifteffe, foucy, defplaifir, ou autre paffion femblable, reçoivent pareillement apres eux la prepofition *De*, laquelle denote l'origine ou le fujet & caufe de la paffion : comme en ces manieres de parler.

*Se delecter ou refiouïr des chofes belles* : à caufe des chofes belles. Amiot, De la vertu morale : *Le temperant fe plaît & delecte des chofes belles & honneftes, & l'intemperant ne fe fafche & defplaît pas des desbonneftes.*

*Se douter de tourmente* : craindre à caufe de la tourmente. Amiot, Du trop parler : *Comme font les gens de marine, qui fe retirent à l'abry, fe doutans de tourmente* : c'eft a dire, Craignans que la tou-

E 5

mettre vienne à s'eſmouvoir.

*Chercher de ſe montrer :* ſe pener & travailler pour paroiſtre. Amiot, Comment on pourra diſcerner le flateur d'avec l'amy : *Ne plus ne moins qu'vne peinture affetée, qui avec couleurs renforcées, avec plis rompus, & avec rides & angles cherche de ſe monſtrer bien viuement, apparante.* Cecy eſt dict de la peinture par metaphore & tranſlation priſe des choſes animées.

*Se deſplaire de quelque choſe :* à cauſe de telle choſe. Amiot. Comment il faut ouyr : *Mais celuy à qui il deſplaiſt d'ouyr bien dire, eſt marry de ſon bien propre.* Et Baïf en ſa Antigone :

 *Et puis qu'il te deſplaiſt de tout ce que ie dy.*

Autant en eſt il de tous les verbes & participes paſſifs, ou qui ont la ſignification paſſive, leſquels demandent la preposition *De*, devant le nom du ſujeſt duquel eſt reçeüe & prouient la paſſion ; comme par exemple, *Apprendre de Iean : Emprunter de Pierre Ouïr du meſſager Reçeuoir de Iacques Aidé des bons Battu de ſon pere : Contredict de tous, Enſeigné de ſon Maiſtre : Exhorté de ſes amis : Loüé de vns, Mocqué des autres Priſé des ſiens, Veu de ſes compagnons.* Ainſi diſons nous,

*Abuſé de vanité.* Amiot, Si l'homme d'âage, &c. *Abuſé en partie de faute d'experience, & en partie de vaine gloire tout enſemble.*

*Fraudé de ſon chemin :* fruſtré, priué. Ronſard au commencement de ſes Odes :

 —— *& luy romp le repos,*

*Qui le tient pareſſeux au riuage d'Epire,*
*Fraudé de ſon chemin par faute de nauire.*

*Redouté des vents:* par les vents. Ronſard, en
ſes Maſcarades :

*Reluiſont, redoutez des vents & des tempeſtes.*

En compoſition elle renverſe ſouventeſfois la
premiere ſignification du verbe, & faict qu'il ſignifie l'oppoſite:côme en ces verbes icy, *Faire,&*
*desfaire : Cognoiſtre & deſcognoiſtre : Monter &*
*deſmonter. Tiſtre, & detitre, &c.*

Aucuneſfois elle augmente la ſignification du
verbe qu'elle compoſe : comme en *Hacher, &*
*Debacher : Briſer, & Desbriſer:* pour , hacher &
briſer par la menu B i en ſon Eclogue 16.

*Ce bouquet feuille à feuille en ce feu je desbriſe.*

Auſsi faict elle ſemblablement en la compoſition des prepoſitions, la ſigrifiance deſquelles
eſt par elle accreuë : comme en *Dehors, Decon-*
*tre, &c.* Ronſard en ſa remonſtrance au peuple
de France :

*Qui decontre vne nate eſtudiant attachent,*
*Melancholiquement la pituite qu'ils crachent.*

Encore y a il vn point à noter conſinat la
proprieté de ceſte prepoſition qui eſt, que quād
elle eſt conjointe à l'article, elle eſt partitive, ſervant à denotter partie ſeulemēt de la choſe
dont il eſt queſtion:comme *Manger de la viande,*
*ou du pain* c'eſt à dire, partie du pain, ou de la
viande. *Car manger du pain ,* eſt autre choſe que

E 6

*Manger pain,* qui eſt parler indetermineement &
en general : & autre choſe auſſi que *Manger le
pain :* qui ſignifie tout le pain deſigné par l'article, & non portion d'iceluy Cõmme auſſi ſont-
ce choſes bien diverſes, *Donner de l'argent, Donner l'argent,* & *Donner argent.* Les Grecs qui
vſent comme nous des articles, diſtinguent au
moyen d'iceux ces trois façons de parler de meſme que nous, diſant, φαγεῖν τοῦ ἄρτο, φαγεῖν τὸν ἄρτον, ᾧ φαγεῖν ἄρτον. Là où les Latins ne peuvent
diſcerner ces trois locutions, & les diſtinguer les
vnes des autres comme nous faiſons : car ils ne
diſent pour tout, ſinon, *Panem edere, Pecunias ero-
gare,* & ainſi du reſte : ce qui peut eſtre expliqué
en toutes les trois façons ſuſdictes.

 Auſſi ne faut-il pas obmettre, que ceſte prepoſition *De,* eſtant miſe devant les infinitifs qui
ſont gouvernez & regis des noms leſquels ſignifient faculté, deſir, eſtude, amour, occaſion, &
choſes ſemblables, ſert à expliquer les Gerundifs
des Latins terminez en *Di,* comme *Auoir moyen
de parler : Conuoitiſe* & *deſir de gaigner : Soin
d'apprendre : occaſion de rire,* &c. Et cela ſuffit
quant à la prepoſition *De.*

# DE LA PREPOSITION

## EN.

ESTE prepofition *En*, vient de la prepofition Latine *In*, & re-tient prefque en noftre langue la mefme force & vfage que l'autre en Latin, feruant à deno-ter certain mouuement, ou ter-ine de mouuement, & lieu de repos, ne plus ne moins que la prepofition *A* : car on dit, *Aller en France, Mener en prifon, Habiter en Languedoc, Viure en liberté.* A quoy doiuent eftre rapportées les locutions fuiuantes;

*Abyfmer en grandes miferes;* pour, Precipiter & plonger en maux infinis. Amiot, De la nourritu-re des enfans : *Qui pour auoir ainfi efté debordez & abandonnés à toutes voluptés, fe font abyfmez en grandes miferes & griefves calamités.*

*Ficher en vne muraille, ou pertuis :* dans vne mu-raille, ou pertuis. Amiot, De la nourriture des enfans : *Tu fiches l'aiguillon en vn pertuis qui n'eft pas licite.*

*Pancher en l'oppofite;* pour, En la partie oppofite. Amiot au traicté, de la manfuetude ; *Penchant en l'oppofite, & s'oppofant au contraire de fa paßion.*

*Precipiter en infinies calamitez* ; plonger en mife-res. Amiot, De la nourriture des enfans : *Qui par l'intemperance de leur langue fe font precipitez en infinies calamitez.*

*Ravir & tirer en abyfme* ; precipiter en vne fondriere. Amiot, E la collation d'aucunes hiftoires Romaines : *Avec grande quantité d'eau, laquelle ravit & tira en abyfme bon nombre de maifons.* Et plus bas : *Il s'y ouvrit vne grande fon-driere qui engloutift plufieurs maifons en abyfme.*

*Toucher en avant* ; pouffer en avant. Baïf en fon Eclogue 4.

    *Maints amoureaux aiflez & derriere & devant*
    *De fagettes & d'arcs touchent l'afne en avant.*

Il y a toutesfois cefte difference entre la pre-pofition *A*, & la prepofition *En*, que quand il faut refpondre à la demande qui peut eftre faitte par l'adverbe *où*, qui fignifie en quel lieu, l'on vfe de la prepofition *En*, devant les noms pro-pres des Ifles, pays, & provinces, & devant tous noms appellatifs pris en general & indetermi-neement. Comme par exemple : Où as-tu efté nourry ? *En France.* Où eft la guerre ? *En Flandres.* Où veux-tu naviguer ? *En Angleterre.* Et de mef-me auffi : *habiter ou loger en maifon faine* ; *Eftudier en bonne Vniverfité*, &c. Mais devant les noms propres des villes, bourgs ou villages, & autres

lieux moindres , & devant tous noms appellatifs
dont la fignification eft reftrainte & determinée
par l'article à quelque chofe de particulier , l'on
vfe de la prepofition *A.* Comme Où as-tu eftu-
dié ? *A Paris* ; Où vas-tu ? *A Rome* ; Où as-tu
paffé ces vaccations ? *A faincl Clou* ; *A Fontaine-
bleau.* Où conduit-on c'eft homme ? *A la prifon* :
defignant certaine prifon particuliere. Où loges-
tu ? *A la belle Image* : au logis où pend pour en-
feigne l'Image noftre Dame. Vn feul paffage &
authorité fuffirapour confirmer tout cecy. Amiot
en l'opufcule , Comment on pourra difcerner le
flateur: *Alcibiades eftant à Athenes ionoit , difoit
le mot, entretenoit grans chevaux, & vivoit en toute
galanterie, & toute joyeufeté: quand il eftoit en Lacedemone . il faifoit fa barbe au razoir, &c.* Il a dit
*eftre à Athenes* , qui eft le nom particulier d'vne
ville : Et *eftre en Lacedemone* : parce que c'eft le
nom de tout vn pays.

Il advient neantmoins par fois qu'on fe fert
de la prepofition *En* , devant les noms propres
des villes, bourgs, & villages, fi le nom appellatif
de ville , ou autre femblable eft mis devant le
nom propre ; pourveu que ce foit fans mouvement local. Amiot , au mefme traitté : *L'on dit
qu'en la ville de Siracufe quand Platon y arriva
&c.* Il euft peu dire: *L'on dit qu'à Siracufe* : mais
y adiouftant le nom appellatif de ville , il a fallu
dire , *qu'en la ville de Syracufe.*

L'on s'en fert encore fouuentesfois deuant
les noms des lieux moindres, & autres noms appellatifs ou communs, quoy qu'ils ayent l'article
qui les precede, quand il eft queftion de fimple
refidence ou repos, & non d'acheminement à
certain lieu. Amiot au traitté que deffus : *Platon
tout de mefme eftoit tel à Syracufe, comme en l'Academie : & tel aupres de Dionyfius comme aupres de
Dion.* Il a dit, *En l'Academie,* & non *à l'Academie* : parce qu'il n'eft point là parlé d'acheminement ou mouuement à lieu, ains de refidence &
repos. Car pour denoter l'acheminement fait à
certain lieu particulier de ville ou village, & autre lieu moindre, l'on fe fert perpetuellement de
la prepofition *A* : comme, *Voyager à Lyon. Aller à l'Academie : Courir à l'efchole : Marcher droit
à l'Vniuerfité.* Mais pour fignifier ce qui fe fait
en tel lieu, l'on vfe de la prepofition *En*, jaçoit
qu'il y ait certain mouuement : parce que ce mouuement là eft *En lieu*, & non *A lieu* ; c'eft à dire, eft fait dans tel lieu, & non vers tel lieu. Ainfi
difons nous, *se promener en l'Academie, En l'Vniuerfité, En la prifon. Trebufcher en beau chemin. Nager en la riuiere :* qui eft autant à dire, comme au
dedans. Car la prepofition *En*, a pareille force
en tels lieux, & defigne quelque chofe d'inte-
rieur, & du dedans en femblables façons de parler : comme en celles-cy, *Habiter en fa maifon* :
c'eft à dire chez foy. *Mettre en fon cœur :* dans fon

cœur, *ferrer en fes coffres, ou en fa bource*: ferrer au dedans; *Donner en main propre* : pour dans la main. Nous difons pareillement:

*Iurer en la dextre*: c'eſt à dire, mettant fa main droite en celle d'vn autre. Ronſard au 2. de la Franciade:

> *Dy luy qu'il vienne aujourd'huy fa parole,*
> *Et le ferment qu'en la dextre il me fit,*
> *Quand par mon ayde Hercule il découfit.*

*Toucher en la main* : c'eſt à dire, dans la main. Amiot, De la nourriture des enfans : *Ne touche pas à tous en la main : c'eſt à dire, ne contracte pas legerement avec toute perſonne.*

*Parler en l'oreille* : c'eſt à dire, fecretement & dans l'oreille. Amiot, Comment il faut ouyr: *Vn clin d'œil, ou de teſte, vn parler bas en l'oreille d'vn autre, vn ris, vn baaillement.*

De là vient que ceſte locution fi frequente, *En lieu*, eſt toute autre choſe que, *Au lieu*. Car *En*, nonſtre icy vn changement interne qui arriue en la choſe meſme : comme quand on dit, *fi j'eſtois en voſtre lieu* : c'eſt à dire, fi j'eſtois vous. Mais *A*, ou *Au*, fignifient feulement vn efchange & permutation externe de place & de lieu: comme, *Eſtre au lieu de l'Eveſque* pour, Occuper fa chaire, & tenir fon lieu : qui eſt choſe du tout exterieure. Ronſard au commencement de fes Odes,

> ———— *& fait boire aux François.*

*Au creux de leurs armets, en lieu de l'eau de Seine*
*La Muse Bourguignonne.* ————

Il a dit *En lieu*, & non pas, *Au lieu* : pour, de-
norer vn eschange de la chose mesme, & non de
la place ou du lieu.

L'on vse encore de ceste preposition *En*, au nó-
bre pluriel deuant tous noms appellatifs, quand
ils sont pris en general & indetermineement:
Comme, *Hanter en maisons de femmes suspectes:*
*Auoir esté nourry en grosses villes : &c.* Mais s'il
faut designer en particulier quelque chose de
certain, au nombre pluriel, nous vsons de la diction *Ez*, laquelle a pareille force, & vaut tout
autant que la preposition *En*, & l'article *les*, dont
elle est composée par contraction. Ainsi disons nous, *Hanter ez maisons des folles femmes : ez*
*palais des grands seigneurs: &c.*

Mais la grace & naifueté de ceste preposition
*En*, se descouvre singulierement en certaines manieres de parler, où elle regist vn infinitif, au devant duquel elle est mise, avec beaucoup d'elegance: comme par exemple ; *La felicité ne gist pas*
*en posseder beaucoup de richesses, ou en estre esleué en*
*grands estats: ains en auoir les passions adoucies.*

Et bien souvent il avient que l'infiny a vne
negation precedante: comme,

*En ne point sentir de douleur:* Amiot, Comment
il faut lire les poetes : *La beatitude, & le souue-*
*rain bien de l'homme, ne gist point en quantité gran-*

*de d'argent , &c.* ains en ne ſentir point de douleur, en avoir les paſſions adoucies.

*En non chaloir :* pour , En ne ſe point ſoucier. Amiot , Comment il faut lire les poetes : *Toutesfois ſi ne faut-il pas auſſi paſſer en non chaloir la faute que font au contraire, &c.*

Nous vſions ſemblablement de ceſte prepoſition *En* , apres tous noms adjectifs , & verbaux, qui ſignifient profit ou dommage , loüange, ou blaſme , plaiſir ou deſplaiſir , commodité ou incommodité : meſmement quand quelque pronom poſſeſſif precede le nom , ou infinitif gouverné par la prepoſition *En* : comme en ces façons de parler,

*Horrible en ſon armet:* Ronſard au 1. de la Franciade;

> *Avec Pallas qui ſur le haut ſommet*
> *Du premier mur, horrible en ſon armet,*
> *Que la Gorgonne aſprit de mainte eſcaille.*

*Triſte en viſage:* Remy Belleau en ſa Bergerie,

> *Il eſt triſte en viſage, & plombé de courroux.*

Et ainſi de tous autres noms adjectifs, ou verbaux qui ſignifient loüange ou blaſme, profit ou dommage : comme, *Aſpre & injurieux en parolles ; Benin & familier en converſation ; Deſagreable en ſon chant : Difficile en ſon manger ; Prudent en conſeil ; Reformidable en ſes armes ; Sobre en propos ; &c.*

Ceſte prepoſition *En*, fait auſſi que divers noms

au devant desquels elle est joincte, devienent adverbes de qualité, comme on les nomme, expli-
quans en quelle façon, & comment la chose se
passe: comme és manieres de parler suivantes.

*En apparence* pour, Selon qu'il apparoit en dehors: son opposite est *En effect*, pour, Effectuelle-
ment, & selon la vraye verité. Amiot, Es dits notables des anciens Rois, parlant de Pompée le
grand: *Pour vne grande famine & disette de bleds*
*qui advint à Rome, il feust esleu en apparence de pa-*
*role, pro voyeur general ou superintendant des viures:*
*mais en effect de pouuoir, seigneur de la mer & de*
*la terre.*

*En derriere:* pour, Secretement, soubs main, à
cachetes. Amiot, Comment on pourra discerner
le flateur d'avec l'amy: *Mais sous main & en der-*
*riere il vous iettera & semera des calomnies.*

*En gré:* agreablement. Amiot, Comment il
faut ouyr: *Ne recoiuent point mal en gré les char-*
*ges qui leur sont imposées.* Et Ronsard en la preface de la Franciade:

*Mais quoy? prenons en gré ce qui nous est donné.*

*En grand silence:* En se taisant. Amiot, Comment il faut ouyr: *Ils escoutent en grand silence &*
*s'arrestent à ouyr diligemment.*

Nous disons aussi, *Perdre ses forces en grand de-*
*tresse: se desecher en langueur;* pour, Avec grand
detresse & ennuy: en languissant.

*En paresse:* paresseusement. Ronsard au 1. de la

Franciade;

*Ie ne veux plus qu'il languiſſe en pareſſe,*

*Comme incogneu.*

En pareſſeus ſejour ; c'eſt le meſme qu'en parel-
ſe. Ronſard au 3. de la Franciade;

*Accaignardez en pareſſeus ſejour,*

*A boire, à rire, à demener l'amour.*

En privé: pour, Priuéement. Amiot, En l'inſtruction pour ceux qui manient affaires d'eſtat: *Non*
*moins par ce à quoy ils s'adonnent en privé, qu'à ce*
*qu'ils leur voyent faire & dire en public.*

En toute galanterie ; galentement, avec toute
joye & plaiſir. Amiot, Comment on pourra diſcerner le flateur d'avec l'amy; *Alcibiades eſtant à*
*Athenes iouoit, diſoit le mot, entretenoit grands che-*
*uaux, & viuoit en toute galanterie, & toute joyeu-*
*ſeté.*

En travers : pour, De travers, & de mauvais
œil, ou par deſſus l'eſpaule, comme l'on dit.
Amiot, Comment il faut refrener la cholere: *:*
*Quand elle nous commande de crier haut, & regar-*
*der de mauvais œil en travers.*

En vergongne : pour, Vergongneuſement &
honteuſement. Ronſard au 4. de la Franciade,

*Qu'en tous endroits ira ma renommée;*

*De bouche en bouche en vergongne ſemée.*

En voix baſſe : pour, Baſſement, ou d'vne voix
baſſe. Baïf en la 5. de ſes Eclogues,

*Laſſe les fort, & murmure en voix baſſe;*

*Ce las d'amour contre Gilet ie lasse.*

Aucunefois cefte prepofition *En*, denote certaine fimilitude, & vaut autant que l'adverbe
*Comme*, & autres adverbes de fimilitude ou comparaifon. Ainfi difons nous, *Commander en fage.
prince*, c'eft à dire, fagement: *vivre en bon Chre-
ftien*, c'eft à dire, Chreftiennement: *se conduire
en Turc, ou en befte*, c'eft à dire, à la façon des
Turcs, ou dés beftes: *Combatre en Cefar, ou en Hercules*: c'eft à dire vaillemment, & genereufement,
à la façon de Cefar, ou d'Hercules.

Elle eft pareillement adverbe illatif, fervant à
inferer & deduire ce qui s'enfuit, & que l'on col-
lige du precedent: comme quand on dit, *En forte
que*: pour, De maniere que, dit Amiot, Comment on pourra difcerner le flateur d'avec l'a-
my; *Il ne s'offence pas mefmes des chofes mauvaifes,
ains eft en tout & par tout de mefme inclination &
de mefme affection: en forte que des chofes fortuites
& cafuelles, &c.*

Davantage elle fert à defigner, comme par forme d'Epithete, certaine difpofition ou accident
qui fe retrouve en la chofe, dont il eft parlé; à l'i-
mitation des Grecs qui vfent ainfi de leur prepofition *ἐν* comme ez façons de parler qui fuivent.
*En armes flamboyantes*: ayant les armes qui flam-
boyoient. Ronfard au 4. de la Franciade;

*Luy tout horrible, en armes flamboyantes,
Mesflant le fifre aux trompettes bruyantes.*

*En barbe venerable* : qui avoit la barbe venerable. Et de mefme, *En cheueux gris,* ayant les cheueux grifons. Ronfard au 1 de la Franciade,

> *Ce Roy pleurant fon eftat miferable,*
> *En cheueux gris, en barbe venerable.*

*En cheveux blancs* : ayant blancs les cheveux. Ronfard au 2. de la Franciade :

> *Sur vn baffin faturne eftoit gravé,*
> *En cheveux blancs, de vieilleffe agravé,*
> *A la grand faux.* ———

*En longs cheveux* : portant la chevelure longue. Ronfard au 4. de la Franciade :

> *Ces Roy hideux, en longue barbe effeffe,*
> *En longs cheveux, ornez preffe fur preffe,*
> *De chaines d'or.* ———

*En longs habits* : reveftus d'abillemens longs: portans robes longues. Ronfard au 2. de la Franciade,

> *Prefente luy des hommes incognus,*
> *En longs habits, à fa rive venus.*

*En longue pafmoifon* : detenu d'vne longue & fafcheufe pafmoifon. Ronfard au 4. de la Franciade :

> *Perdre le fang en longue pafmoifon.*

*En robes folemnelles* parez folennellement: comme, *Marcher en robe de dueil* Paroiftre en robe rouge, &c. Ronfard au 2. de la Franciade,

> *Pres de ce Prince, en robes folemnelles,*
> *Eftoit fa femme, & fes filles pucelles.*

*En ventre monftrueux.* Du Bellay en fon recueil de Poëfie,

 *Comme Heliogabale en ventre monftrueux.*

Cefte prepofition fert encore à exprimer les Gerundifs des Latins terminez en *Do, Amando, Docendo, Conferendo, &c. En aimant, en enfeignant, en conferant, &c.* Et fert pareillement devant les noms verbaux pris à mefme fens que les Gerundifs : comme,

*En collation :* pour, en comparaifon, en conference ; c'eft à dire, venant à conferer & rapporter, en conferant. Amiot, Quelles paffions & maladies font les pires : *Mais nous fuppofant que l'homme ait defia emporté la victoire de mifere, & foit declaré le plus calamiteux de tous les autres animaux, le voulons comparer à foy mefme, en collation de fes propres maux.*

L'on vfe auffi fort elegamment de cefte prepofition, après le verbe fubftantif *Eftre*, en certaines façons de parler, où le mot de lieu femble devoir eftre fous entendu ; comme quand on dit, *Eftre en Pere*, ou *Eftre en fils*, pour, eftre en lieu de Pere, ou en lieu de fils. Et femblablement,

*Eftre en playe ;* pour, Eftre en lieu de playe, fervir de playe. Rolard au 1. Tome de fes Oeuvres.

 *Qui m'eft dans l'ame en playe fi profonde.*

Et ailleurs encore ;

 *Me font dans l'ame en fi profond efmoy.*

Aucunes fois elle fert d'adverbe, ou pronom relatif

relatif du lieu, ou de la chose de laquelle il a esté fait mention; ne plus ne moins que *Y* : comme par exemple; As tu esté à l'Eglise? *I'en viens.* As-tu des livres? *I'en ay.* Tu es trop sujet à tes plaisirs, *Tu t'en trouveras mal.* Ton frere est-il point au jeu de paume? *Il y est voirement, & s'y plaist fort.*

Elle est aussi mise apres ces pronoms, *Me, te, se, nous, & vous,* quand ils sont joints seulement aux verbes de mouvement local; comme, *Ie m'en vay, tu t'en vais, il s'en va, &c.* Où il semble qu'il faille sous-entendre certain lieu duquel la preposition *En,* est relative. Mais à tant est-ce assez parlé de ce sujet.

# DE LA PREPOSITION

## P A R.

PAR, est vne preposition Françoise, qui est ce semble empruntée de celle des Latins *Per*, mais qui a trop plus de grace & de force. Car en premier lieu, elle gouverne apres soy toute sorte de noms qui declarent par quel moyen, & en quelle sorte la chose est faite, ou l'instrument & cause de tel effect : comme

F

me en ces façons de parler:

*Par bonnes paroles, non par coups de verges;*
avec bonnes paroles & remonſtrances perſuaſi-
ues. Amiot, De la nourriture des enfans; *L'on
doit attraire & amener les enfans à faire leur devoir par bonnes paroles & douces remonſtrances,
non pas par coups de verges.*

*Par fiance, & par bonne reputation;* au moyen
de la fiance, & reputation. Amiot, En l'inſtru-
ction pour ceux qui manient affaires d'eſtat; *Auſſi faut il que le ſage gouverneur, iuſques à ce
qu'il ayt acquis par fiance que l'on aura en luy, &
par bonne reputation tant d'authorité envers le peuple, qu'il les puiſſe mener à ſon plaiſir.*

*Par telle impetuoſité;* avec tel effort. Amiot, En
la collation d'aucunes hiſtoires Romaines; *Et luy
meſme ſe ſentant bleſſé à mort ſe rua contre Hani-
bal, par telle impetuoſité qu'il luy oſta le Diademe ou
frontal qu'il avoit autour de la teſte.*

Davantage elle eſt ſignificative de quantité,
denotant certaine eſpace, ou nombre: comme,

*Par vne noire nuict;* durant l'obſcurité d'vne
nuict bien noire. Baïf au 1. de ſes poemes,

   *Par vne noire nuict va du long de la haye
  Chaſſer aux oyſillons.* ———

*Par vn long temps;* l'eſpace d'vn long temps.
Amiot, De la nourriture des enfans; *Ceux qui
par long temps, ont tenu leur langue ſerrée.* Et plus
bas; *Pour ceſte parole il feuſt mis en priſon, là ou il
pourriſt de miſere par vn long temps.* Ainſi diſons

nous, *Par temps de pluye*, *Par temps d'hyver* : pour,
En temps de pluye ou d'hyver : *Aller & venir*
*par plufieurs fois &c.* c'eſt à dire, pluſieurs fois.

L'on conjoint encore fort elegamment ceſte
prepoſition *Par*, avec les infinitifs des verbes, à
l'imitation des Grecs, pour exprimer les Gerundifs Latins terminés en *Do* : comme ez locutions
ſuivantes qui ſont merveilleuſement belles.

*Par battre & frapper* ; en batant & frappant.
Amiot, Comment il faut nourrir les enfans ; *L'on*
*doit attraire les enfans à faire leur devoir par bon-*
*nes paroles, non par coups de verges, ny par les battre.*

*Par blaſmer* ; en blaſmant. Amiot, Comment
on pourra diſcerner le flateur : *Quelque fois par ſe*
*blaſmer eux meſmes, ils ſe coulent ſecretement à*
*loüer autruy.*

*Par complaire* : Amiot, Comment on pourra
diſcerner le flateur d'avec l'amy : *Auſſi le vray*
*amy aucunefois par complaire & haut loüer ſon*
*amy, &c.*

*Par deſdaigner* : Amiot, Comment il faut ouyr :
*Et veulent qu'on les eſtime venerables par deſdai-*
*gner tous les autres.*

*Par dilayer, & differer* : Amiot, En l'opuſcule de
la vertu morale : *Ne monſtre-il pas manifeſtement*
*qu'il avoit en ſoy-meſme ſouvent experimenté que*
*ceſte paſſion luy avoit par dilayer contre raiſon, &*
*differer de jour à autre, ruyné ſes affaires, & fait*
*perdre de belles occaſions.*

*Par entendre bien à ſoy* ; Amiot, Comment on

pourra recevoir vne aide de fes ennemis ; *Pour s'ef-*
*fectuer par folicitude, par travail, par efpargne , &*
*par entendre bien à foy de les furpaffer.*

    *Par eftre trop à fon ay̌e:* Amiot, Pourquoy la iu-
ftice divine differe la punitiõ: Que c'eft côtre fa propre nature quãd elle produit des vices *par eftre trop à*
*fon aife,* ou *par contagiõ* de hãter mauvaife cõpagnie.

    *Par lamenter:* Du Bellay au 4.de l'Æneide :

      *Or ceffe donc par fi fort lamenter,*

      *De toy & moy enfemble tourmenter.*

    *Par n'ofter pas & par les ouyr:* Amiot, De la mã-
fuetude Ie m'esforce d'è fouftraire & ofter entieremét
toute cholere,principalement *par n'ofter pas* à ceux qui
font chaftiez le moyen de fe iuftifier, *& par les ouyr.*

    *Par renaiftre:* Ronfard au 4. de la Franciade :

      *Car autrement ne fe voudroient lier,*

      *A nouveaux corps,& ne voudroient plus eftre,*

      *Pour s'acquerir des maux par tant renaiftre.*

    Ce peut fuffire de l prepofition **Par.**

---

# *DE LA FORCE ET PROPRIETE'*
## *de la Conjonction*    *SI.*

CNIONCTIONS font appellées
celles petites parties d'Oraifon qui fervent à conjoindre &
lier enfemble les noms, & les
verbes, & autres parties, voire
mefmes les fentences & perio-
des de l'oraifon. Il en eft plufieurs en noftre langue,mais la grace & naïfveté de la conionctiõ *si,*

de laquelle nous avons particulieremét à traiter,
est digne d'estre observée par dessus les autres.

*Si*, doncques est vne petite conjonction laquelle est ordinairement conditionelle, ayant
pareille force en François que la conjonctió Latine *si*, d'où elle descend:comme quand on dit,
*si tu estudies, tu deviendras docte*. Mais outre ceste signincation qui luy est commune avec la
Latine, elle a plusieurs autres proprietés remar-
quables en nostre langue.Car premierement elle est copulative du sens, conioignant ensemble
non seulement les mots & les clauses, comme
font tout le reste des conionctions, mais aussi le
sens, avec certaine confirmation. Et en cela paroist singulierement son efficace & naïveté, soit
au commencement des periodes, ou au milieu:
ayant pareille force par tout que les Conionctions, *Aussi, Dabondant, Davantage Encore, Or,
outre plus*, & autres semblables : comme l'on
peut voir ez exemples & authoritsés suivantes.
Amiot, En l'opuscule, Du trop parler : *Si le con*
*duisit jusques à l'adress du chemin*. Et vn peu plus
bas: *Si n'est pas sans occasion que les barbiers sont*
*ordinairement grands babillards*. Le mesme, De la
vertu Morale : *Si ne cognoit on pas seulement à ce*
*combat qu'il y a difference entre la source de la pas-*
*sion, & cille de la raison*. Et au traicté, Que la
vertu peut estre enseignee, *Et si feroit le contraire des*
*scythes, lesquels ainsi comme escrit Herodote, &c.*
Et de la fortune : *Si n'est pas en vain sans vtilité*

F 3

*que nous aleguons ces exemples-là.*

Au milieu de la periode , elle est prise aussi à mesme sens. Amiot, De la fortune : *Davantage les ouvrages des charpentier sont faicts humains , si sont ceux des tailleurs de pierre , des Maçons & des statuaires:* pour, Aussi sont ceux, &c.

L'on en vse semblablement devant les verbes Imperatifs , pour commander , ou monstrer ce qu'il conuient faire Baif au 2.livre de ses Mimes:

    *Si l'on t'affaut , si te deffen:*

c'est à dire, deffen toy. Et en l'Eclogue 19.

    *Or sus, dittes Bergers, qui est prest si commence:*

pour , qu'il commence.

Aucunesfois elle denote certaine force ou necessité, mesmement devant le verbe impersonnel *faut*. Comme quand on dit : *si faut il que tu viennes chez moy · si ne m'eschaperas tu point à ce coup: si feras tu pourtant ce que ie desire,&c.*

Davantage ceste conjonction à cella qu'elle est Adversative, estant ioincte avecques *bien* Car nous disons *si bien*, pour , Iaçoit que , Combien que. Amiot, Es dits notables des Anciens Rois, parlant de Caton : *Il disoit , que si bien l'Injustice n'aportoit peril à celuy qui la commettoit , qu'elle en apporte à tous les autres.* Et au traicté, Comment il faut ouyr : *Car si bien celuy qui presche & qui harangue , ne doit pas du tout estre negligent de son stille , qu'il ny ait quelque plaisir & quelque grace, c'est neantmoins ce dequoy le ieune homme qui escoute se doit soucier le moins, au moins du comencement.*

Elle est aussi prise pour, toutesfois, neantmoins.
Du Bellay en ses jeux rustiques:

> *Bref si nature nous a faits*
> *En quelque chose imparfaits,*
> *Si sont tels vices excusables.*

Elle est pareillement Illative, quand elle est conjoincte avec *que*, inferant des propos prece-dans, ce que l'on en veut colliger & conclure: car on dit, *si que*, pour, *de sorte que*, *de maniere que*. Ronsard en l'Ode 23. du 3. livre, a Madlou de la Haye:

> *Puis que d'ordre à son rang l'orage est revenu,*
> *Si que le Ciel voilé tout triste est devenu.*

Et au 4. de la Franciade, sur la fin:

> *Si qu'en perdant le sang tres-ancien*
> *Des premiers Rois, fera naistre le sien.*

Ceste conjonction est aussi comparatisve. Du Bellay en ses jeux rustiques:

> *Et n'y a chose si belle,*
> *Qui n'ait quelque vice en elle.*

Bien souvent elle devient Adverbe affirmatif, & veut autant comme, *ouy*; *Il est ainsi*; *voire*, *c'est mon*: auquel sens elle est tiree, ce semble, du Latin *sic*. Amiot, Des oracles qui ont cessé: *Pour les deux premieres fois qu'il fut appellé, il ne respon-dit point, mais à la troisiesme, si.* Et de la tranqui-lité de l'ame *Vien çà dit-il, n'as tu pas vne petite metterie seule, & moy, n'ay-je pas encore trois autres belles terres: l'autre luy ad vous que Si.*

Mais c'est assés pour le present de ce *Si.*

# DIVERS NOMS FRANÇOIS,

*Au genre desquels plusieurs faillent, attri-*
*bu.ns au Masculin, ceux qui sont Femi-*
*nins, & à l'opposite.*

## A

Age, est du genre masculin.
Amiot, au traicté. De la nourriture des enfans ; *Pource que ce pre-*
*mier aâge est tendre, & apte à re-*
*cevoir toute sorte d'impression, que*
*l'on luy veut bailler.* Et en l'opuscule, Si l'homme d'aâge se doit mesler des affaires publicques : *Voila pourquoy l'on figure les*
*Hermes, c'est à dire, les statues de Mercure, en*
*vieil aâge, n'ayans ne pieds ny mains.* Et au traicté,
Que signifioit ce mot n : *Le premier aâge meurt*
*en l'enfance, & le jour d'hier meurt en celuy d'au-*
*jourd'huy.*

Aucuns neantmoins le font feminin, & mesmement les Poëtes, qui vsurpent volontiers toute sorte de dialectes, & façons de parler pecu-
liers à certaines Provinces & nations. Ronsard, Au tombeau du Roy Charles :

*Ny l'amour de vertu ny son aâge premiere,*
*Qui commençoit encore à goufter la lumiere.*

Et Baïf au troifiefme de fes Poëmes:

*Que tout cela d'ennuis que les aâges paffées.*

Abyfme eft du commun genre. Amiot le faict mafculin, au traicté, Comment il faut lire les Poëtes:

*C'eft le reflus de l'abyfme profond,*
*Par où l'on va des enfers au noir fond.*

Ronfard, le faict du fœminin, au 2. de la Franciade:

*Branle fur branle, & onde deffus onde,*
*Entre-ouvroit l'eau d'vne abyfme profonde.*

Affaire, eft auffi du genre commun. Nous le lifons au mafculin dans Amiot, au traicté, Comment il faut lire les Poëtes: *Les fages ne mentent jamais en leurs propos & ne fe monftrent jamais laf-ches, quand fe vient à vn bon affaire ny ne repren-nent autruy fans raifon* Et e. l'inftruction pour ceux qui manient affaires d'eftat: *Ils fe trouvent embrouillés eux mefmes en affaires pleins de troubles, & de dangers* Le mefme en Pupicule, Si l'hôô-me d'aâge fe doit mefler des affaires publiques: Darius le pere de Xerxes au contraire difoit qu'aux temps perileux, & affaires dangereux il devenoit de plus en plus fage. Et Baïf, au 2. livre de fes Mi-me.;

*Pinard, les efcrits ordinaires,*
*Des fecrets ou communs affaires,*
*Auecques voz feings fe mourront.*

F 5

Ronſard, en vſe au feminin en la preface de ſa
Franciade : *Les narrations & pourparlers des Capi-*
*taines, conſeils & deliberations ez grandes affaires.*
Et en la remonſtrance au peuple François, parlant aux Prelats :

> *Ne vous entremeſlez des affaires monḋaines,*
> *Fuyés la cour des Rois, & leurs faveurs ſoudaines:*

Aigle eſt maſculin & feminin, parce qu'il eſt
pris tant pour le maſle, que pour la femelle. Baïf
au 8. de ſes Poemes;

> ———————— *Et deſployent en vain,*
> *Leur vol peſant contre l'aigle hautain*

Du Bellay en vſe au feminin au 6. de l'Æneide:

> *Voy ce Torquat aux ſeveres coignées,*
> *Et ce Camil aux Aigles regaignées.*

Où le mot d'Aigle eſt pris pour enſeigne &
drapeau.

Aiſe eſt communement feminin, comme
auſſi ſon compoſé *Meſaiſe.* Amiot, Si l'on profite
en l'exercice de la vertu; *Là où les furieux appetits,*
*les frayeurs, les fuites laches, les aiſes exceſſives d'en-*
*fans, les regrets & lamentations.* Et, Si l'homme
d'âage ſe doit encore entremettre, &c. *Et qu'il*
*ſoit vray, ramene toy en memoire ce que tu as ſou-*
*ventesfois entendu d'Epaminondas, qu'eſtant vn jour*
*enquis, qu'elle plus grande aiſe, il avoit jamais ſen-*
*tie en toute ſa vie: Il reſpondit, que c'eſtoit d'avoir*
*gaigné la bataille de Leuctres, ſon Pere & ſa Mere*
*eſtans encore vivans.* Aucuns toutesfois le font
maſculin: Comme Ronſard en l'ode 3. du 3.

livre:

> *Ton Pere desia chenu,*
> *D'vn grand aise detenu,*
> *Fera rajeunir sa face.*

*Alarme*, est du genre commun indifferemment. Ronsard, au 1. de ses Odes, le faict masculin;

> *Et se iouant en ses armes,*
> *Fit de merveilleux alarmes.*

Et Baïf de mesme, au 1 de ses Mimes:

> *Que le peuple par chauds alarmes*
> *N'esmeuve le repos des armes,*
> *Pour troubler l'Empire par tout.*

Le mesme Ronsard, le faict aussi feminin au 5. de ses Odes:

> *Vaines seroient les alarmes,*
> *En vain l'arc elle band'roit:* pour, banderoit.

*Amour*, est aussi du genre commun. Il y en a qui ont voulu dire qu'estant pris pour la passion desreglée des amoureux, il est du genre feminin: mais pris pour vne affection d'amour honneste, & loüable, il est masculin. L'on en vse toutesfois indifferemment en vers & en prose. Amiot le faict masculin au traicté. Si l'homme d'âge se doit mesler, &c. *C'est l'amour le plus sainct, & le plus puissant de tous, que celuy que les villes & peuples portent à quelqu'un de leurs citoiens pour sa vertu.* Et au traicté, Comment il faut ouïr: *Car l'amour a cela qu'il s'attache & se lie à tout ce qu'il trouve, comme faict le lierre.* Et en l'o

puſcule, Qu'il eſt requis qu'vn Prince ſoit ſça-
vant : *Faiſant qu'vne cholere deuient auſſi toſt meur-*
*tre, vn amour adultere, vne avarice confiscation.* Et
Ronſard ſemblablement au 4. de la Franciade:

> *L'orgueil premier qui n'auoit point eſté,*
> *D'vn autre amour que du tien ſurmonté.*

Il eſt vſité auſſi fort ſouvent au feminin : comme dans le meſme Amiot, De là nourriture des
enfans : *Les nourrices & gouvernantes n'ont qu'vne*
*amour ſuppoſée, & non naturelle, comme celles qui*
*aiment pour vn loyer mercenaire.* Et de la pluralité
d'ami : *C'eſt pourquoy les animaux qui ne font qu'vn*
*petit, en ont l'amour plus vehemente.* Ronſard, en
vſe de meſme au 2. de la Franciade :

> *Mais plus que l'autre elle eſtoit à viſée,*
> *Qui ne vouloit vne amour diviſée.*

Et Baif pareillement au 1. de ſes Mimes :

> *Aime toy, non d'amour ſi vaine,*
> *Que toute autre amour te ſoit prime.*

Et au 2. liure :

> *De fole amour ne vient que mal*

Ancre, eſt encore du commun genre indifferemment. Baif au 2. de ſes Mimes en vſe au
maſculin :

> *Deux ancres ſont bons au nauire,*

Et Ronſard de meſme, au 1. livre de ſes
Hymnes ;

> *D'vn ancre au bec crouchu, la gallere arreſterent.*

Mais au 1. des Poemes, n'en fait du feminin :

> ——— *Et ſot eſt le nocher*

*Qui ne peut son bateau que d'vne autre acrocher.*
Et du Bellay semblablement au 6. de l'Æneide:
   *L'ancre soudain de la prouë est jettée,*
   *Dessus le port la pouppe est arrestée.*

**Art**, est aussi du genre commun. Amiot en
vse au masculin au traicté, Comment il faut
nourrir les enfans : *Et pourtant faut-il que l'enfant
de bonne maison voye & aprenne de tous les arts
liberaux, & scientes humaines, en passant par dessus,
pour en avoir quelque goust seulement.* Le mesme
en v e au feminin en plusieurs endroicts, comme en l'Opuscule, Comment il faut lire les Poëtes *L'art de bien faire ressembler, soit chose belle
ou chose laide, est tousiours estimée.* Et au traicté
d s dicts notables des Lacedemoniens *Il ne fut
jamais art ny ne sera aussi qui ne soit conjoincte avec
verité.* Et Baif au 1. de les Mimes :
   *La fiert ignorante authorise,*
   *Les bonnes arts défavorise,*
   *Manques du loyer merité.*

**Artere**, est du genre feminin. Amiot. Es regles & preceptes de santé ; *Augmente la chaleur
naturelle, subtilise le sang, nettoye toutes les vaines,
& ouvre toutes les arteres.*

**Autonne**, est masculin. Ronsard, au 2. livre
des Hymnes :
   *Apres l'Autonne vient chargé de maladies.*
Du-Bellay en son recueil de Poesie :
   *Et là où le riche Autonne,*
   *D'vne main prodigue donne.*

*L'honneur du frons d'Achelois.*

Et Baif, en son Eclogue VI.

*Et le soleil serein de cest Autonne beau.*

## C.

Anicule, est du genre feminin. Du-Bellay en son Olive:

*La Canicule au plus chaud de sa rage.*

Caprice, est du genre masculin. Baif au 11. liure de ses Mimes & enseignemens;

*Nous renversons, par vn caprice,*
*Nous le vons vn neuf edifice,*
*Abatons le vieil delaissé.*

Chanvre, est masculin. Ronsard au 1. de la Franciade;

*L'vn allongeant le chanvre à toute force,*
*Ply dessus ply, entorse sur entorse.*

Charpi, ou Charpie, est du genre feminin : c'est ce que l'on charpit & rasle d'vn linge ou drapeau, comme en cardant, pour en faire des tantes à mettre aux playes; du verbe *charpir, ou carpir,* (comme le prononcent les Picards) lequel vient du Latin *Carpere.* Ainsi disons-nous, *faire de la charpi: Tante faicte de bonne charpi:* c'est à dire, de drapeau bien charpi.

Cicatrice, pour la marque d'vne playe, il est du genre masculin dans Baif, au 4. de ses passe-teps:

*Tu as au front vn peu de cicatrice,*
*Lequel, Agnes, tu tiens tousiours couvert.*

Cimetterre, est feminin. Ronsard au 1. des Poëmes:

*La lance au poing, au flanc la cimeterre.*

Eu au 2. de la Franciade :

*Aiant au poing sa cimetterre croche.*

Cithre, du Cistre, ou Grec *Cithara*, est communement feminin. Amiot. Es preceptes de mariage : *Pource que ce n'est pas moins leur office, de mettre bon accord & bonne consonance à un mariage, par le moyen du discours de la raison, & l'harmonie de la Philosophie que de bien accorder une cithre, & une lyre.* Et en l'opuscule, Des dicts notables des Lacedemoniens : *Un Musicien estranger passant par là, fut par eux condamné en une amende, pource qu'il touchoit les cordes de la cithre, avec les doigts.* Et au traicté de la musique : *Amphion a esté le premier qui a inventé l'usage de chanter sur la Cithre, & la Poësie Citharistique.* Ronsard neantmoins le faict masculin au 2. de la Franciade :

———— *Les hommes qui balloient*

*Au son du cistre.* ————

Et sur l'Ode 30. du 5. livre : *Sapphon ( dict il ) chantant ses vers, ou accommodez à son cistre, ou à quelque Rebec, &c.*

Coche, est du genre commun indifferemment. Amiot en use au masculin, Au banquet des sept sages : *Or avoit on amené à chacun des conviez un coche fort bien en point, pour les conduire jusques au lieu.* Et Ronsard de mesme au 2. de sa Franciade :

*En sa faueur fit son coche atteler.*

Baïf le faict aussi masculin, au 1. de ses Mimes :

*Qu'auecques luy par tout la porte.*

*Dans son coche la dorlotant.*

Nous le lisons pourtant au feminin dans Amiot, En la consolation enuoyée à Appollonius *Les mulets qui se mirent soubs le ioug, & tirerent amont la coche de leur mere iusques au temple.* Et Baif au 3. de ses Poëmes,

*O bien heureux qui d'vne main certaine,*
    *Des Muses sœurs la belle coche meine.*

Comete, est ordinairement fœminin. Amiot, Au 3. Livre des opinions des Philosophes, Cha. 2. *Aucuns des sectateurs de Pythagoras tiennent, que la comete est vn astre du nombre de ceux qui n'a-paroissent pas tousiours.* Et Ronsard au 2. de ses Odes:

*Belleau, & quoy? ceste comette,*
    *Qui n'aguiere au ciel reluisoit.*
Et au discours des miseres de ce temps;
*Les songes menaçans, les hideuses cometes,*
    *Auoient assé predit que l'an soixante deux, &c.*
Baif neantmoins le fait masculin au 1. de ses Mimes:

*Vn comette plein de terreur,*
    *De rayons malins nous regarde.*
Et au 1 de ses Poëmes:

    *Le comette s'allume, & semble reculer.*

Couple, est le plus souvent fœminin. Amour de la pluralité d'amis: Car de toute ancieneté de memoire, vous trouués ces couples d'amis renommées, Thesius & Pirithoü, Achiles & Patroclus, Orestes & Pilades, Pythias & Damon, Epaminondas & Pelopi-

*a.* Du Bellay toutesfois le fait masculin, sur la
mort de la Royne de Navarre:

> *sur ses couples bien appris,*
> *Parmy la celeste trace.*

Et Baïf pareillement en son Eclogue 5.

> ─────── *d'vn pair de tourterelles,*
> *Qui s'entraimans l'vne à l'autre fidelles,*
> *Voyans ce jour, en vn couple vivoient.*

Mais les Poetes se licentient aisement, & vsent
de divers dialectes.

Cresme, pour le plus subtil & meilleur du laict,
est du genre feminin. Remy Belleau en sa Bergerie;

> *De laict avec sa Cresme elle emplit vn vaisseau.*

Mais pris pour l'huile sainte qui sert aux on-
ctions sacrées, il est masculin : & deut estre lors
escrit par *Ch*, comme venant du Grec χρίσμα,
qui signifie onction. Baïf au commencement de
ses Mimes:

> *O fils de Dieu, verité mesme,*
> *Maints se vantent de ton sainct Cresme,*
> *Qui loin ny pres ne s'en oindront.*

Culier, est aussi tousiours feminin. Baïf au 1. livre des passetemps:

> *Ces cousteaux, & ceste culier,*
> *Cest esvantoir, ce creux mortier.*

Et au 3. livre:

> *Toy qui n'as vn demi landier,*
> *Non pas vne seule culier.*

## D

**Debte**, est feminin par tout. Amiot, Qu'il ne faut point emprunter à vsure: *De quoy seruit aux Atheniens l'ordonnance de Solon, par laquelle il ordonna que pour debte ciuile on n'obligeroit plus le corps.* Ronsard au 2. des Hymnes;

> *Adonc la mort se sied dessus leur blanche teste,*
> *Qui demande sa debte, & la veut à voir preste.*

Et Baïf de mesme au 3. de ses Poemes;

> *N'ayant de nulles debtes soing.*

**Delices**, est aussi feminin. Amiot, Es dits notables des anciens Rois: *Tu t'es rendu pour trente jours inutile à moy & à ton pays, estant tel, & pour toute la vie à toy mesme, t'accoustument à si superflues delices.*

**Diffame**, est du genre masculin. Ronsard en ses Elegies:

> *Que mon diffame est cause de ma gloire.*

**Disgrace**, est semblablement masculin, dans Baïf, au 3. des Passetemps:

> *En la vie seconde il fuist tel disgrace.*

**Divorce**, est aussi masculin. Ronf. en ses Elegie:

> *Dots, anneaux, & contracts, la plainte, & le*
> *divorce.*

**Dixme**, est feminin. Amiot, Es demandes des choses Romaines; *Pourquoy est-ce que plusieurs riches hommes consacroient & donnoient la dixme de tous leurs biens à Hercules?*

**Doubte**, est aussi feminin. Amiot, Comment il faut nourrir les enfans: *Tellement que ie fais gran-*

dé doubte si je les dois mettre en avant, ou bien le de-
flourner. Et en l'opuscule, Comment il faut lire
les Poetes: *Comme si le Poete luy mesme ne donnoit
pas les solutions & expositions de telles doûbtes.*
Duché, est pareillement feminin. Baïf au 5. de
ses Poemes:

——————*La Duché d'Albanie*
*Retourne au Roy à son domene vnie.*

Et Ronsard au 1.des Hymnes:
*De sa noble Duché qui luy vient en partage.*

## E

Nclume, est du genre feminin. Amiot, En
l'instruction pour ceux qui manient affaires
d'estat ; *Et quant à ceux là , ils ne recognoissent que
Minerve artisane & ouvriere,comme dit Sophocles,*

*Qui dessus l'enclume massive,*
*Forment à grands coups de marteaux,*
*Vne masse sans ame vive,*
*Obeyssante à leurs travaux.*

Enfant, est du genre commun , masculin, ou
feminin,selon qu'il est pris: car il est dit aussi bié
d'vne fille,que d'vn garçon. Amiot, En la consolation envoyée par Plutarque à sa femme: *Car
il semblera , ma femme , que nous soyons marris que
jamais l'enfant ait esté née , si nous monstrons d'estimer que nos affaire feussent en meilleur estat avant
qu'elle fut née , que despuis.*

Epigramme, est masculin. Amiot, De discerner
l'amy d'avec le flateur: *Et si on luy baille à lire vn
Epigramme qui ne vaille rien.* Et Ronsard au 1.

de ſes Poemes:

——— *Et l'autre plus gaillard,*
*Nous ſalera l'Epigramme raillard.*

**Erreur**, eſt du commun genre. Amiot le fait maſculin, au traiété de la Tranquilité de l'Ame: *Duquel erreur la principale cauſe eſt le fol & aueuglé amour de ſoy meſme, qui rend les hommes amateurs des premiers lieux.* Et du Bellay ſemblablement en ſon recueil de Poeſie:

*Qui euſt cogneu les longs erreurs.*

Toutesfois il eſt plus ſouvent vſité au feminin. Baïf au 1. de ſes Poemes:

*Se forvoye en la nuiét d'vne erreur deteſtable.*

Et du Bellay en ſes Sonnets:

*Mais ce Palais, dont la commune erreur,*
*M'abyſme au fond d'vne eternelle horreur.*

Remy Belleau le fait auſſi feminin au 2. chap. de la vanité,

*Aſſurant que le ris n'eſt qu'vne freneſie,*
*Qu'vn charme, qu'vne erreur, troubl'ät la fataſie.*

**Eſcritoire**, eſt touſiours feminin. Ronſard, en ſes Elegies:

——— *Et qui n'as autre gloire,*
*Qu'à voir au flanc vne belle eſcritoire,*
*Peinte, houpée.* ———

**Eſpace**, eſt du genre commun indifferemment, Ronſard le fait maſculin au 1. livre de ſes Hymnes:

*Soit qu'on regarde au long eſpace,*
*De tant de ſiecles empanés.*

Et ſemblablemét. Amiot, Es dits notables des

Lacedemoniens : *Il demeura vn espace de temps à penser en luy mesme sans mot dire. Et des Oracles qui ont cessé : Puis quand ils y retournent apres vn long espace de temps.* Et en l'opuscule de la curiosité : *Mais si d'avanture apres vn long espace de temps il leur avient d'y aller.*

Nous le lisons au feminin dans le mesme Amiot, au traicté de la Curiosité : *Aussi si quelqu'vn apres vne espace de temps venoit à ouvrir l'armoire, ou l'arriere boutique de la curiosité.* Et dans Ronsard au 1. des Hymnes ;

*Il est du tout entier, & faut que mainte espace.*

**Estable**, est communement feminin. Ronsard, des miseres de ce temps :

*Vne grange, vne estable, & vne prochairie.*

Et au 1. liure de ses Poemes :

——————*Puis le long des murailles*
*D'vne estable porchere.*——————(mes.

Baïf toutesfois le fait masculin au 6. de ses Poe-
*Va droit où d'Anchises les longs estables sont.*

**Estude**, pris pour le lieu où l'on estudie, est du genre feminin. Ronsard au 2. de ses Poemes :

*D'vne melancholique, & rheumatique estude.*

Et du Bellay en ses traductions :

*Car on ne trouva rien en son estude ouverte.*

Mais pris pour le soing que l'on employ à estudier & apprendre, ou à faire quelque chose, il est du genre commun indifferemment. Amiot le fait masculin au traicté, De la nourriture des enfans : *Au demeurant qu'il employe son principal*

estude en la Philosophie. Le mesme en vse au feminin en l'opuscule, Comment il faut lire les Poëtes ; *Excite plus , & plait davantage, que ne sçau-*
*roit faire toute l'estude que l'on sçauroit employer à*
*composer de beaux carmes.*

EVangile, est du commun genre. Ronsard, en
la remonstrance au peuple de France :

　　*Mais l'Evangile sainct du Sauueur Iesus Christ.*

Et plus bas :

　　*Tu as selon ton sens l'Evangile traictée.*

## F

FAde, est vn adjectif du genre commun.
Baïf au 2. de ses Mimes :

　　*C'est du mal vn remede fade.*

Formi, est du genre commun, parce qu'il est
dict tant du masle, que de la femelle. Baïf, au 2.
de ses Mi es le faict masculin :

　　*Vn formi à de la cholere.*

Et au 1. liure, il en v e au feminin :

　　*La formi mange les crapaus.*

Amiot le faict aussi feminin, au traicté , *De la*
mansuetude : *Mais de pinser, mordre, & serrer, c'est*
*à faire à vne formis , ou à vne souris.* Mais au traicté, Quels animaux sont les plus avisés, il le faict
masculin : *Il dict qu'il y avoit vn nombre de four-*
*mis qui alloient à vne autre formilliere que la leur,*
*portant le corps d'vn formi mort.*

Foudre, est communement feminin. Amiot
au traicté, Qu'il est requis qu'vn Prince soit sça-
vant : *Non pas le tonerre en la main , ny la foudre,*

*ny le tridant*. Et au 4. des propos de table, queftion 2. *Pourquoy c'est que les hommes en dormant,*
*ne sont iamais frapez de la foudre*: Et Ronfard pareillement au 1. de fes œuvres :

    —————— *Comme les monts d'Epire,*
   *Sont diffamez par la foudre des cieux.*

   Toutesfois le mefme Ronfard, le faict mafculin plus bas au mefme livre :

   *Lors qu'il punit d'vn foudre audacieus,*
   *Les monts d'Epire, ou l'orgueil de Carie:*
qui eft le fepulchre du Roy Mauffole. Et Baïf
femblablement au 6. de fes Poëmes :

   *De ce grand Iupiter à qui le foudre agrée.*
*Friffon,* eft du genre commun. Baïf au 5. de fes
Poëmes en vfe au feminin :

   —————— *Vne friffon tremblente*
   *Court par fes os ,* ——————
Et Rõfard de mefme au 1. tome de fes œuvres:

   *D'vne friffon tout le cœur me fretille.*
   Mais Belleau le faict mafculin en la 5. Eclogue facrée :

   *Eftant en ce friffon, & prefque demy morte.*
Et Baïf pareillement au 5. des paffe temps:
 *Vne fievre, vn friffon, puis vn chaud me prẽd toute.*

                 G

**G**Ent, & gens, font communement feminins.
   Du-Bellay au 6. de l'Æneide :

   *Ie te diray la gent Dardanienne.*
   Amiot, De la manfuetude : *Ayant doute &*
*foufpeçon qu'il ne preftat ce tefmoinage à l'amitié qu'il*

te porte de m'asseurer que les bonnes parties, & qui
doivent estre en toutes gens de bien & d'honneur,
fussent en toy, qui n'y estoient pas. Nous l'isons
pourtant le pluriel *gens*, au masculin, dans le mesme Amiot, en l'opuscule, *Du trop parler*: *Le Roy
Seleucus surnommé Callinicos, qui est autant à dire
comme Victorieux, en vne bataille qu'il eut contre les
Galates, perdit tous ses gens, & toute son armée.* Et
derechef, ez dicts notables des Lacedemoniens:
*Et falloit que les jeunes hommes reverassent non seu-
lement leurs propres peres, & se rendissent subjects à
eux, mais aussi qu'ils portassent reverence à tous autres vieilles gens, en leur cedant le dessus.*
*Glan*, est masculin. Ronsard au 1. des Poëmes,
    *Là fut le glan, fils des chesnes ombreux.*
Amiot, *S'il est loisible de manger chair*: *Et quand
les hommes avoient peu trouver du gland, ou de la
fouyne, ils en dansoient de ioye à l'entour d'vn chesne,
ou d'vn fouteau.*
Glu, ou Glus, est du genre commun. Baif le
faict masculin au 1. de ses Poëmes:
        ———— *Qui tiendra le bouleau,*
    *Qui portera le glu pour servir de flambeau.*
Ronsard le faict du feminin au 2. de ses Poëmes
parlant du houx;
    *Bien qu'on en face la glu,*
    *Qui quelque fois les doit prendre.*
Greffe à enter, est du genre masculin. Amiot
au 2. livre des propos de table, question 6. *L'on
ne dist jamais, ne Cyprés, ne Pin, ne Sapin, qui nour-
                                    rit aucun*

ont aucun greffe d'arbre de differente espece. Et plus
bas : *Car ils empeschent que le greffe ne se puisse vnir
& incorporer auec les parties qui sont au dessoubs de
l'escorce.*

*Guide,* est du genre commun indifferemment.
Baïf au 1. des Poëmes le faict masculin :

> *La brigade Pieride,*
>
> *Des sœurs dont ie suis le guide.*

Et Ronsard de mesme, au 1. livre des Odes;

> *Lors à terre vola le guide,*
>
> *Et elles d'ordre le suiuant, &c.*

Mais au 2. livre des Odes, il le faict du feminin:

> *Car si tu es sa guide, elle courra sans peur.*

Aussi faict Baïf au 5. de ses Poëmes :

> *Car en secret à la guide il commande.*

Et Amiot semblablement au traicté, Comment
il faut ouïr : *Prend alors vne guide diuine, qui est la
raison, à laquelle ceux qui obeissent, doiuent estre re-
putez seuls francs & libres.*

### H

**H** Ampe, est masculin, pour le manche de
tous bastons de guerre. Ronsard au 1. Bocage Royal :

> *Branlant au poing le hampe d'vne hache.*

*Horreur,* est aussi masculin. Ronsard, en la 3.
de ses Eclogues :

> *Puis prenant hardiesse ils entrerent dedans
>
> Le sainct horreur de l'Antre.*

Et Remy Belleau en sa Bergerie: *I'ay ouy dedans
le sainct horreur des forests les plus obscures les chan-*

fons de *Daphnis*.

*Huille*, eft ordinairement feminin. Amiot, Comment on pourra difcerner le flateur : *Vne huille de perfum à bonne odeur, aussi à quelque drogue de medecine.* Et au 2. livre des propos de table. queft. 6. *L'huille eft ennemie de toutes plantes.* Et Ronfard au 2. des Hymnes;

*Car l'huile eft eternelle, efprife dans la mefche.*

Baïf toute fo s le fait mafculin au 6, des Poëmes:

*De l'huille ambrofien, foüef & precieux.*

Mais il a icy v.é, comme en plufieurs autres endroicts, du dialecte des Provenceaux & Gafcons, qui eftoient de fon temps en credict & vogue à la Cour, lefquels vfent au mafculin du mot d'huille, contre le commun vfage des François qui le font toufiours feminin.

## I

Iacque, ft mafculin: pour, Cotte ou jacquette. Du Bellay en fes regrets :

*Ce braue qui fe croit pour Vn iacque de maille,*
*Eftre Vn fecond Roland.* ———

*Image*, eft communement feminin. Du-Bellay au 6. de l'Æneïde :

*Enée adonc : Pere, ta trifte image*
*Sou ventefois apparut à mes yeux.*

Amiot, Comment il faut lire les Poëtes : *Et au contraire, qui voulant pourtraire Vn laid corps, feroit Vne belle image, ne feroit chofe ny bien feante, ny femblable.* Et Ronfard au 1. des Ode ;

*Les neuf filles qui çà & là,*

*Entournoient la nouuelle image.*

Toutesfois le mesme Ronſard le faict maſculin au 1. de la Franciade :

*Preſſe ſon fils en qui le vray image*
*Du Pere ſien eſtoit peint au viſage.*

Et ſemblablement Amiot , au traicté, Qu'il
eſt requis qu'vn Prince ſoit ſçauant : *Et comme le*
*Soleil au ciel, qui eſt ſon tres-bel image , ſe laiſſe voir*
*dedans vn miroir à ceux qui ne le peuuent regarder*
*luy meſme.*

### M

**M**Alencontre , eſt du genre commun. Baïf
e faict maſculin en ſon Eunuque :

*Et quel mal encontre eſt ce icy ?*

Et plus bas il le met au feminin :

*P A R. Mal à point C H E. A la malencontre*
*Pluſtoſt.* ——

Mare, pour vn lieu mareſcageux & bourbeux,
où les ſangliers prenent plaiſir de foüiller , & ſe
veautrer , eſt feminin au ſingulier , & maſculin
au pluriel. Remy Belleau en ſa Bergerie :

*Vne mare, vn fangeas, qui n'a riues, ny fond.*

Amiot, Qu'il faut qu'vn Philoſophe conuerſe
auecques les Princes : *Il ne prendra ja plaiſir d'al-*
*ler en quelque coing de deſert , loing de la frequence*
*des hommes , pres le rocher du corbeau, comme dict le*
*Poëte, cruſer celle mare des Porchers, Arethuſe.*

Et Ronſard au 1. Bocage Royal :

*Au milieu croiſſoit vne mare fangeuſe,*
*Là ſouloit à midy ceſte beſte outrageuſe,*

G 2

*Fouiller, & tout son corps de bourbe reuestir.*
Au pluriel on dict tousiours *les marés*, au masculin.

*Marisson*, pour, Tristesse, l'estre desplaisant & marry: est du genre femin. Baif au 4.des Poëmes:

———— *Vne marrisson telle*
*M'enuironna le cœur, que ie cheus esperdu.*

*Masque*, pour vn faux visage, est le plus souuant masculin. Ronsard en sa response aux Ministres:

*Ils pensent estre vray le masque qu'ils ont veu.*
Et Du-Bellay en ses regrets:

*Qui luy auroit osté le masque du visage.*
Nous le lisons toutesfois au feminin dans Amiot, Commét on pourra discerner le flateur:
*Qui fit monter Neron sur l'eschafaut auec vne masque sur le visage, & des brodequins aux iambes, qui estoit l'accoustrement des ioüeurs de farce, ne feurent ce pas les loüanges des flateurs?*

*Maudisson*, est feminin; pour malediction. Rósard au 3. de la Franciade;

*Ie suis (ie croy) la maudisson des Dieux.*
Du-Bellay en son recueil de Poësie:

*Par toutes maudissons & execrables loix.*
*Memoire*, est du genre masculin, pris pour memorial, ou petit brevet & sommaire de quelque chose. Du Bellay en ses regrets:

*Qui me presente vn cónte vne lettre, vn memoire.*
*Mensonge*, est du genre commun: combien qu'en France il soit vsité plus souuant au mascu-

n qu'au feminin. Amiot, *Comment il faut lire les*
*Poëtes : Ils estiment la verité plus austere pour le*
*dire, que non pas le mensonge.* Il en a pourtant
vsé au feminin. Es questions Platoniques : *Mais*
*il ne ne m'est aucunement loisible ny de conceder la*
*mensonge, ny de dissimuler la verité.* Et Baif semblablement au 2. de ses Mimes :

> *D'ailleurs la mensonge amiable,*
> *Dure, & douce, & bien agreable.*

Toutesfois, comme i'ay dict, on n'en vse ordinairement en France qu'au masculin.

Meslange, est communement feminin. Amiot,
Comment il faut lire les Poëtes ; *Car la meslan-*
*ge de l'eau auecques le vin , luy oste la puissance de*
*nuire.* Et au 3. livre des propos de table, question
9. *Bref c'est vne meslange, & vne trampe torp sobre,*
*& trop froide.* Ronsard toutesfois le faict masculin au 1. livre de ses Hymnes :

> *D'vn meslange agencé nos corps prenent naissance.*

Mais au 2. livre il le faict du feminin :

> *Celuy premier d'vne horrible meslange.*

Mesprison : pour mespris, est du genre feminin.
Baif en son Antigone,

> ———— *Et par ta mesprison :*
> *Le deffunct te haira à bien bonne raison.*

Modelle, est feminin. Rôsard au 1. des Hymnes :

> *Qu'à toy, qui es ton mousle, & la seule modelle*
> *De toy mesme , tout rond* ————

Myrrhe, est aussi feminin. Ronsard au 2. des
Hymnes :

*Produire de ton sang en la terre le bamme,*
*Et la casse & l'encens, la myrrhe & le calame.*
Et Amiot, de Isis & d'Osiris : Ils allument alors
de la Myrrhe pour en parfumer l'air.

### N

**N**Avire, est le plus souvent feminin. Amiot,
Comment il faut refrener la Cholere ; Et
pourtant, vne Nauire estant en fortune & tourmente
en haute mer abandonnée, receuroit plutost vn Pilote
de dehors. Et au traicté, Comment on pourra receuoir vtilité de ses ennemis : Zenon mesme ayant
entendu que sa Nauire s'estoit brisée & perie en Mer,
se fit que dire : Tu fais bien Fortune, de me reduire à
la robe d'estude. Et en l'opuscule, De l'amour. &
charité naturelle ; Ne plus ne moins que la Nauire
qui est à l'anchre à la rade, branle bien, mais elle ne
court pas Fortune. Aucuns toutesfois le font du
genre commun, & en vsent indifferemment.
Baïf, au 4. de ses Poemes:

*Qui à couvert regarde du riuage,*
*En pleine mer le Nauire en naufrage,*
*Il est heureux* ———

Et tout d'vn tenant il adjouste:

——— *Qui tes escris veut lire,*
*Il voit du bord aux ondes la Nauire.*

Negoce, est du genre commun : mais on en vse
plutost au masculin, qu'au feminin. Amiot, En
l'instruction pour ceux qui manient affaires d'E-
stat : En demeurant en leurs priués negoces se pour-
toient humainement, sans aucune haine ou rancune
enuers ceux contre qui ils auoient contesté en Public.

Ronſard toutesfois au 2. des Hymnes en a vſé au feminin:

> *Elle a pour ſon ſujet les negoces civiles.*

## O.

OEuvre, pour l'Action ou operation de l'ouvrier, eſt feminin. Amiot, Comment il faut lire les Poetes: *Car le recit & la repreſentation des œuvres vicieuſes, pour veu qu'à la fin elle rende à ceux qui les ont faites, la honte, le deshonneur, & le dommage qu'ils meritent, elle ne nuiſt point:* Mais eſtant pris pour l'ouvrage, & beſongne qui reſte de l'operation de l'Ouvrier, il eſt maſculin. Amiot, En l'inſtruction pour ceux qui manient affaires d'Eſtat:

> *A tout œuvre & acte naiſſant,*
> *Ceux qui le vont encommençant,*
> *Doivent donner vn front illuſtre.*

Et Ronſard au 2. de ſes Poemes;

> ——— *Où rien ne ſe deſœuvre,*
> *Que l'arrogant jargon d'vn ambitieux œuvre.*

Office, pour vn eſtat tormé, eſt du genre feminin, ſans Baïf au 4. des paſſetemps;

> ——— *Qui ſe vante,*
> *D'avoir ſon office vacante.*

Offre, eſt du genre maſculin. Ronſard au 2. livre des Hymnes,

> ——— *pour en faire vn bel offre*
> *A mon odet:* ———

Ombre, eſt du commun genre, indifferemment. Amiot le fait maſculin au traicté, Comment on

pourra discerner &c. Ie n'ay que faire d'amy qui se
change ainsi quand & moy, & qui s'encline en mes
me part que moy: cela est le propre d'vn ombre. Et
Ronsard au 1. de la Franciade:

   _Lors ombrageant d'vn grand nombre les champs._
Mais nous le lirons au feminin dans le mesme
Ronsard en l'Ode 12. du 4 liure:

   _Qui doit bien tost, legere ombre,_
   _Des mors accroistre le nombre._
Et dans Amiot, De la face qui apparoist dedans
la Lune _L'esloignement de la lumiere fait les ombres
des corps beaucoup de fois plus grandes, que les corps
ne sont._

_Ongle_, est communement masculin. Amiot, Des
Oracles qui ont cessé: _Là où en quelques lieux on
mange chair crue, & la deschire l'on à beaux ongles._
Et au 2. des propos de table, question 9. _Vray est
que des animaux qui ont esté mordus par les bestes
sauvages, les ongles leur deviennent noirs._ Ronsard
en les prognostiques sur les miseres de ce temps:

   _D'ongles crasseux, de cheveux mal-peignez._
Et au 2 liure de la Franciade:

   _Comme ils vouloient avecques la main crocke,_
   _D'ongles aigus grimper contre la roche._
Et Baif au 4. de ses Poemes:

   _D'ongles dessus ta face esgratignant._
Toutesfois nous le lirons au feminin dans le
mesme Amiot, au traicté, s'il est loisible de manger chair: _Peu qu'il n'a, ny vn bec crochu, ni des ongles pointues, ni les dens aiguës, ni l'estomach si fort,_

ni les esprits si chauds, qu'ils puissent cuire & digerer
la masse pesante de la chair crue. Et en l'Opuscule,
Pourquoy la iustice divine &c. Et là où les beufs
ont les ongles des pieds trop moles, oindre les extremi-
tés de leurs cornes.

Orange, est tousiours feminin. Ronsard au I.
Tome de ses Oeuvres:

> L'orange d'or comme moy iaunissante.

Et Ioachim du Bellay, En sa corne d'abondance:

> Là l'olive tant honorée,
> Là l'orange iaune dorée,
> Là le beau grenat rougissant.

Ce fruict semble avoir esté ainsi nommé, à
cause de sa couleur d'or.

## P.

**P**Aire, pour Couple, est tousiours feminin.
Amiot, De la nourriture des enfans; Il aura
esté en l'vne de tes mettairies, où il aura pris &
vendu, peust estre, vne paire de beufs. Et Ronsard,
En son Cyclope;

> Ie trouvay l'autre iour le caverneux repaire
> D'vne Ourse bien peluë, & dedans vne paire
> De petits ourselets. ——

L'on dit aussi vn Pair, pour vne paire. Baif en la
5. Eclogue:

> Pren ces deux cœurs d'vn pair de tourterelles.

Paroy, est du genre commun. Baif, en sa 4. Eclog.

> —— Mais ne te vy-ie pas
> Par le paroy percé, comme tu desrobas
> A Toinet vn agneau. ——

G 5

Et le mesme, en la Comedie du Brave:

*Par la paroy qui est persée.*

Pigne, ou peigne, est perpetuellement masculin. Baïf au 1. de ses Mimes:

*Iamais tigneux n'aima le peigne.*

Planette, mot Gre, qui vaut autant comme, Estoile errante, est communement feminin. Amiot au traicté, Comment il faut lire les Poetes; *La fiction de l'adultere de Mars avec Venus, descouvert par le soleil, signifie que quand la Planette de Mars vient à estre conioincte avec celle de Venus en quelques nativités, elle rend les personnes enclines à adultere.* Et Ronsard, au 1. livre des Hymnes;

*Comme reluit au ciel quelque belle Planette.*

Baïf neantmoins le fait masculin, au 1. de ses Poemes:

*Soubs luy de Mars guerrier le planette flamboye.*

Pleurs, est feminin. Remy Belleau, au 4. de la Vanité:

——— *I'ay veu les chaudes pleurs,*
*Les crys, & les enhuis, les sanglots, & les plaintes.*

Et Baïf au 6. de ses Poemes:

*Loin tout ennuy, loin toutes pleurs.*

Poix, est aussi feminin. Ronsard 1. de ses Poemes:

——— *Et les fentes estoupe;*
*De lente poix il che ville la poupe,*
*Ferre la proüe.* ———

Poison, est du commun genre. Amiot en vse au masculin en l'opuscule, si l'homme d'aage, &c.

parlant de Socrates ; *Finablement alors qu'il estoit en prison, & qu'il beuvoit le poison de la Ciguë.* Mais nous le lisons au feminin dans Ronsard au 3. de la Franciade:

*Quand elle vit celle forte poison.*

Et dans Baïf en plusieurs endroits : comme au 4. de ses Poemes:

*Amour n'est rien qu'vne poison d'esprit.*

Populace, pour le commun, ou la commune d'vn peuple, est ordinairement masculin. Amiot, De la nourriture des enfans ; *Les esloigner le plus qu'ils pourront de ceste vanité, de vouloir apparoir devant vne commune : pource que plaire à vn populace, est ordinairement desplaire aux sages.* Et Ronsard en les Elegies:

*Et loing du populace allons ouyr la voix.*

Mais au 1. de la Franciade, l'en v e au feminin:

*Ce jouvenceau qui par la populace,*
*Va sans honneur, Astianax nommé.*

Pourpre, est du genre commun. Ronsard au 1. de ses Oeuvres le fait masculin:

*N'esgalent point le pourpre de sa face.*

Et ailleurs:

*Qui fait honteux le pourpre Tyrien.*

Toutesfois il est plus souvent feminin. Amiot, De la tranquilité de l'ame; *Ceste ville est merveilleusement chere, le vin de Chio couste dix escus, la pourpre trente escus.* Et de l'amitié fraternelle: *Mais je ne sçay quels Antiocus, Seleucus, & ailleurs Grypus & Cyzicenus, n'ayans pas apris à se conten-*

G 6

ter du second lieu , ainsi appelans les marques de di-
gnité royale, la pourpre & le diademe , se remplirent
eux mesmes, & les vns les autres de maux infinis, &
en comblerent quant & quant toute l'*Asie*.

*Premices* , est ordinairement feminin. Amiot,
Es dits notables des Anciens Rois : *Ie vous offre*
*de petis presens , comme les premices par maniere de*
*dire , les plus communes de la Philosophie*. Ronsard
neantmoins le fait masculin au 2. livre des Hymn.

――――――― *deifiant son corps,*
*Qui fut humain , le premice des morts.*

### R.

**R**Eume, est du genre masculin. Baif en la Comedie du Brave:

――――――― *sans le mal extreme*
*Qu'elle a d'vn reume sur les yeux.*

*Rencontre*, est feminin. Ronsard en ses Elegies;
*Vn vray hibou de meschante rencontre.*

*Reste*, pour le residu, & ce qui reste de quelque
chose, est ordinairement masculin. Amiot, de Isis
& Osiris : *Comme estant encore vn reste & reserve*
*de la mer qui seroit là coulée.* Toutesfois Du Bellay
la fait feminin en ses Regrets;
*Ie le tiendray Baif, & fut ce de ma reste.*

*Rhé* , ou *Rets*, est communement masculin.
Amiot, Quels animaux sont les plus avisez: *Quãd*
*ils ont fait vne fosse grande assés, pour se cacher con-*
*tre le ravage du rets, alors ils se fourrent & se ta-*
*pissent dedans, iusques à ce que le bord du rets soit*
*passé*. Et vn peu plus bas ; *il ne fait que rompre &*

ronger le rets, & s'en va. Ronsard au 2. livre des
Hymnes;

> *Zephire avoit vn rhé d'aimant laborieux,*
> *Si rare, & si subtil, qu'il deceuoit les yeux.*

Du Bellay pourtant l. fait feminin, en son Oliue:

> *Vne rhé d'or legerement coulante.*

## S.

**S**Alpetre, est du genre masculin. Ronsard, au
1 de ses Poemes:

> *Ils sont allés chercher le salpetre gelé.*

sel, est perpetuellement masculin. Amiot au
5. des propos de table, question derniere; *Mais*
*nous demandions dauantage, dont procedoit que l'on*
*honnoroit tant le sel, parce que Homere dit ou verte=*
*ment;*

> *Il espandit du sel diuin dessus.*

Et Baif au 2 de ses Mimes, & enseignemens:

> *Comme le sel en la viande,*
> *Le rire par moyen demande*
> *En nos deuis estre vsité.*

## T.

**T**Ançon, pour noyse, debat, & courroux, est
du gére feminin. Ronf au 1. de ses Oeuvres;

> *Et feray resonner d'vn haut & graue son,*
> *Pour auoir part au bout, la tragique tançon.*

Tige, est du commun genre. Ronsard en sa 1.
Eclogue le fait masculin:

> *Ie vy dessur le bord le tige d'vn beau fresne.*

Et Belleau de mesme, au 6. chap. de la Vanité:

> *Quand l'hõme de son tige auroit fait cêt enfans.*

Mais Amiot le fait feminin, en l'opuscule, Si l'on profite en l'exercice de la vertu: *Car tout ainsi que la premiere boucle que fait le germe du roseau, ayant force de pousser grande, produit vne longue tige, droite, esgale, & vnie du commencement, pource qu'elle ne trouue rien qui l'arreste, ne qui la repousse.* Et du Bellay semblablement en son Oliue;

> *Mais si elle est de sa tige arrachée.*

Tigre, pour Tigresse, au feminin. Du Bellay en ses regrets:

> *Et, digne que jadis ait succé la mamelle*
> *D'vne Tigre inhumaine* ———

Trafique, pour negotiation, au feminin. Amiot, *Si l'homme d'aage se doit mesler &c. Mais encore de se mesler d'aucune manufacture mechanique, ni d'aucune traffique de marchandise.* Ronsard a vsé du mot de Trafiq, au masculin, en l'Ode 14. du premier liure;

> *Ie n'employe mes Charites,*
> *Qu'au seul trafiq de l'honneur.*

Tranché, au masculin, pour tranchée, ou tranchoisson. Amiot, *Qu'il ne faut point emprunter à vsure: Et payent à toutes saisons de l'année les vsures à-cet grief des douleurs, & angoisseux tranchés: & n'en ont point plustost payé l'vne, que l'autre coule & distille incontinent apres.*

Tuille, est du genre feminin. Amiot, *De la creation de l'ame: Il se peut estendre en forme de thuile plus longue que large, en deux sortes.* Et du Bellay en les jeux rustiques;

D'vn test vouté il a fait la fournaise,
Et cependant que la tuille & la braise,
Font leur devoirs.

## V.

VLcere, est du genre masculin. Ronsard au 1.
liure des Poëmes:

*Ayant le dos beant d'Vlceres apparens.*

Et Amiot, Comment il fut ouy: *Demandoit*
quelque medecine, pour guerir vn petit Vlcere qu'il
auoit au bout de l'ongle.

Voile, est ordinairement masculin. Ronsard en
sa remonstrance au peuple de France:

*——— comme parmi le voile*
*De la nuict tenebreuse, vne flambante estoile.*

Mais estant pris pour, voile de Nauire, il est fœminin. Baïf en son Antigone:

*Aussi dedans la nef, qui n'obeyt au vent,*
*Et ne lasche la voile, il perist bien souuent.*

Et Ronsard au 1. de ses Poëmes:

*Ce iour la mesme voile emporta loin de France*
*Les Muses.*

Et au 1. de ses Poëmes:

*——— Et poussant plus auant*
*Sa barque en mer, courbe la voile au vent.*

Toutesfois le mesme Ronsard en vse aussi au
masculin à ce sens, au 1. liure de ses Hymnes:

*Dressez le voile au mast ———*

Vtensiles, est masculin. Amiot, De la curiosité:
Car côme Xenephon dit, que chez les bons mesnagers
il y a lieu propre pour les vtensiles destiné à l'vsage des sacrifices, autre lieu pour la vaisselle de table.

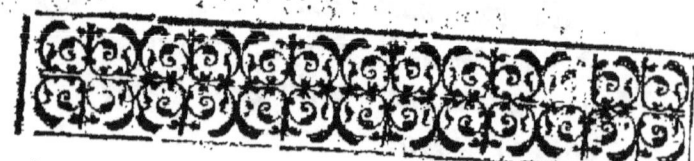

*VERBES IRREGVLIERS ET*
*deffectueux, ou autrement mal-aisez à*
*conjuguer & varier en leurs temps*
*& manieres de signifier.*

## PREMIERE CONIVGAISON
### DES VERBES EN ER.

A langue Françoise a quatre diverses conjugaisons de verbes, lesquelles sont distinctes & variées selon la diversité des infinitifs, qui sont comme la racine & source d'iceux. La premiere a ses infinitifs terminez en *Er*: la seconde en *oir*: la tierce en *Re*, brief; la quatriesme en *Ir*: où la lettre *I*, quelque voyelle qui precede, ne fait iamais diphthongue, tellement qu'il n'y a aucun infinitif en ceste coniugaison, qui ne soit de plusieurs syllabes, comme *bayr, fuyr, puyr*.

En la premiere coniugaison ou variation, qui est des verbes terminez en *Er*, en leur infinitif, l'vn des presens de l'Optatif, & des preterits imparfaits du Conjonctif, est terminé en *asse*: côme

*Aimaſſe*, *i'Aidaſſe*, *ie Remonſtraſſe*, & ainſi du reſte. Baïf au 4. liure des paſſetemps;

> *Si ie ne t'aimaſſe mieux,*
> *Du Chat, que mes propres yeux.*

c'eſt a dire, Si ie ne t'aimoy mieux: car on dit l'vn & l'autre en l'imparfait du Conjonctif. Le meſme Baïf en ſon Brave,

> *Vray eſt qu'il ne me ſert de rien:*
> *Mais ie m'en aidaſſe auſſi bien*
> *Que du droit, ( car il eſt entier, )*
> *ſi i'euſſe eſté d'autre meſtier.*

Ie m'en aydaſſe, vaut icy autant comme, ie m'en Aideroye, qui eſt l'autre ſorte du temps preſent de l'optatif. Et Amiot de l'amitié fraternelle: *comme je luy remonſtraſſe & requiſſe qu'il ſe portaſt envers ſon Frere comme Philoſophe &c.*

Or pluſieurs s'abuſent & faillent grandement en la coniugaiſon de tels temps, mettant vn *A*, pour vn *I*, en la premiere & ſeconde perſonne du pluriel : car ils diſent, *à la mienne volonté*, ou *comme ainſi ſoit que nous Aimaſſion, que vous Aimaſſiez*, & ainſi des autres. Mais mal, car ce temps là ſe conjugue ainſi: *à la mienne volonté, ou comme ainſi ſoit que nous Aimiſſion, que vous Aimiſſiez, que ils Aimaſſent* : & ainſi de tout le reſte des verbes terminés en *Er*, à l'infinitif, leſquels changent ceſt *Er*, en *Iſſion*, & *Iſſiez*, en pareilles perſonnes & temps : comme l'on peut veoir ez verbes ſuivans.

*Adjouſter*, fait *Adjouſtiſſion*, *Adjouſtiſſiez.*

Amiot , Si l'homme d'aage &c. *Car Caton difoit*
*tres-fagement, que la vieilleffe d'elle mefme a roit*
*affés de laideurs, fans que volontairement nous y ad-*
*jouftiffions encore la vilenie & l'aideur du vice.*

*Alleguer,* fait *Alleguiffion, Alleguiffiés.* Amiot,
Au banquet des fept fages : *Et pource nous femble-*
*roit-il raifonnable, que recommençant derechef à dif-*
*courir , vous alleguiffiés chafcun à fon rang quelque*
*notable fentence.*

*Contribuer,* fait aufsi *Contribuiffion, Contribuif-*
*fiez.* Amiot , Au banquet des fept fages : *Certai-*
*nement, dit adonc Periander, œ feroit chofe digne que*
*nous contribuiffions tous à ce Roy de tels prefens,*
*eudparois, comme parle Homere, c'eft à dire par tefte.*

*Donner,* fait *Doniffion, Doniffiez.* Amiot , Au
banquet des fept Sages: *Et pourtant me fembleroit-*
*il bon que pour vn peu de temps vous reteinfiés vos*
*propos, qui nous font tous familiers , & comme naiz*
*en noftre pays, & que vous donniffiés entrée & au-*
*diance, comme en vne affemblée de ville, à ceux que*
*noftre bon amy Niloxenus a apportés d'Aegypte.*

*Facher,* fait pareillement *Fachiffion , Fachiffiez.*
Amiot , Es regles & preceptes de fanté : *Et que*
*nous ne nous fachiffions point de manger quelque fois*
*d'vne feule viande fimple, fans fauce ny rofti.*

*Tomber,* fait *Tombiffion, Tombiffiez.* Amiot, Es
vertueux faits des femmes: *Afin que nous ne tom-*
*biffions point en la mifere, en laquelle nous fommes*
*prefentement tombez.*

Autant en eft-il de tous les autres verbes ter-

minés en Er, en semblables personnes & temps:
comme *Assommer*, *Boucher*, *Chanter*, *Combler*,
*Demander*, *Destourner*, *Monstrer*, *Posseder*, *Reserver*,
*Tromper*, & autres semblables: tous lesquels sont
en tels temps, *Assommissions*, *assommissiez*: *Bou-*
*chissions*, *bouchissiez*: *Chantissions*, *chantissiez* *Com-*
*blissions*, *côblissiés*: *Demandissions*, *demandissiés* *De-*
*tournissions*, *detournissiés*: *Monstrissions*, *monstrissiez*:
*Possedissions*, *possedissiez*: *Reservissions*, *reservissiez*:
*Trompissions*, *Trompissiez*: & ainsi du reste.

*Aller*, est vn verbe fort irregulier, qui ne suit
pas la forme des autres. La premiere personne du
present de son Indicatif est triple: car nous disons,
*Ie voy, tu vas, il va*: Amiot, De la mauvaise honte; *Ie te voy loüant par tout*, *& en vers tous* : *& ie*
*t'en rens la grace, dit-il, pourtant que ie te fay dire la*
*verité*. Le mesme au traicté, Si l'on profite en
l'exercice de la vertu; *ie m'en vois, luy dit il, vain-*
*cu pour ce coup, mais ie dormiray plus souëfvement*
*que toy qui as vaincu*. Du Bellay au 6. de l'Ænei.

*Or sus, dit-il, ie te vois discourir*
*Ceux qui feront nostre race fleurir.*

Et Baif en son BRAVE:

*Que ie t'accolle vne autre fois,*
*Mon bellaud, puis que ie m'en vois.*

Nous disons aussi, *Ie vay, tu vas, ou tu vais, il*
*va.* Amiot, Es dits notables des Lacedemoniens:
*voire mais, ie m'en vais accoustument (dit-il) à ce-*
*la qu'en nulle mutation de fortune ie ne cherche mu-*
*tation de vie.* Baif en son BRAVE:

*Ie m'en vais avec ton congé.*

Et Ronsard en la response aux Ministres:

*I'abandonne le livre, & m'en vais à l'Eglise.*

La lettre s, est icy adiouftée à la fin des premieres personnes, pour efuiter le mauvais fon & rencontre de la voyelle fuivante, ou pour la rime du
vers. En la feconde perfonne on dit auffi par fois
*tu vais.* Baif au 1. de fes Mimes,

*Quand il y fait bon, tu t'en vais.*

L'on dit encore au mefme temps, *Ie va, tu
vas, il va.* Baif en fon Eclogue 19.

*Ie va chanter à toy, fi tu veux mettre gage.*

Et en fon Antigone:

*De l'augure foudain me fentis effrayer,*

*Et vas incontinant fur l'autel effayer,* &c.

Au nombre pluriel de ce temps, l'on dit toufiours, *nous Allons, vous allez, ils vont.*

La troifieme perfonne du prefent & futur de
l'imperatif eft, *qu'il voife, ou qu'il aille*: car l'vn
vaut l'autre. Baif en fon Antigonne,

*Voife où luy femblera, faffe tout fon effort.*

Au futur de l'Optatif, & au prefent du Conjonctif on dit auffi, *que ie voife, tu voifes, il voife, ou,
que i'aille, tu ailles, il aille.* Baif en la 4. de fes
Eclogues,

*I'ay bien affaire ailleurs, où faut que ie m'en voife.*

Et en la 6. eclogue:

———————  *foit que chez moy ie vienne,*

*Soit que ie voife aux champs.* ———————

Au pluriel on dit toufiours, *que nous aillons,*

*vous aillez , ils aillent.*

*Donner ;* ce verbe fait à la troisiesme personne du singulier du present de l'imperatif & de l'optatif, *Doint;* & son composé, *pardonner, pardoint.* saif au 1. de ses Mimes:

*Que Dieu pardoint au bon Vicomte,*
*Qui du vray bien fit tousiours conte.*

Nostre langue n'a point de Gerundifs & Supins, comme la Latine: mais nous expliquons les Gerundifs des Latins terminez en *Di,* par l'infinitif, avec la preposition *De :* les Gerundifs terminez en *Dum,* par l'infinitif aussi avec l'vne des prepositions *A,* ou *Pour:* & ceux qui finissent en *Do,* par le mesme infinitif, avec la preposition *Par:* ou par le participe actif masculin, avec la preposition *En,* au devant, ou expresse ou sousentendue: lequel participe actif est tousiours terminé en *ant,* & est de tout genre quand il sert de Gerundif.

Et pour le regard des deux Supins en *um,* & en *u,* ils peuvent estre diversement explicquez, ou par l'infinitif du mesme verbe, sans preposition bien souvent, & aucunefois avec l'vne des prepositions *A, & Pour:* ou par autres façons de parler que l'vsage t'enseignera.

## SECONDE CONIVGAISON
### *des verbes terminez en Oir.*

EN la seconde conjugaison, qui est de verbes
terminez en *oir*, au present de l'infinitif, il se
trouve plusieurs verbes irreguliers , & mal aisez
à conjuguer en certains temps, comme sont entre autres ceux cy.

*Asseoir:* ce verbe se conjugue comme le simple *seoir* , lequel a au preterit imparfaict *je Seoy,*
*& je Sisoy , tu Sisois, il Sisoit:* & son composé *il*
*Assisoit.* Ronsard au 1. tome de ses œuvres,

    *Qui comme fleur s'assisoit par les fleurs.*

Au futur de l'indicatif on dict , *je Serray, tu*
*Serras, &c,* ou *je Soirray , tu Soirras , &c* Et au
composé, *s'Assoirray, tu Assoirras, &c.* Ronsard
au 4. des Odes :

    *Ainsi qu'a Rome Cesar,*
    *Triomphant d'vne victoire,*
    *Haut t'assoirras dans vn char*
    *Dessus vn siege d'yvoire.*

A l'imperatif nous disons , *siés toy, Assiés toy.*
Et au pleuriel, *Seons nous , & Asseons nous, As-*
*siés vous, qu'ils s'Asseent.* Ronsard escriuant a vn
sien amy :

    *Pour tuer le soucy*
    *Qui rongeoit ton courage,*
    *Asseon nous icy*

*Sous ce mignard ombrage.*

L'on dict aussi *Assison nous, Assisez vous, qu'ils Assisent.* Ronsard en la 5. de ses Eclogues,

*Or sus assisez vous, icy l'herbe est fleurie.*

Eu au 1. livre des Hymnes,

*S'assisent sur les masts comme deux feus jumeaux.*

Le participe present est *Asseant*, comme le simple *Seant*. Baïf au 8. de ses Poëmes,

*Puis courbé s'asseant sur vn gazon motu.*

L'on dict aussi, *Soyant*, & *Assoyant*. Ronsard au 3. des Odes,

*Là t'assoyant au milieu,*
*Sur des marches esleuées.*

Voy le simple *Seoir*, plus bas à son lieu.

*Avoir* : le present de l'indicatif est *i'Ay*, tu *As*, il *A*, &c. Ce verbe faict en la troisieme personne du nombre singulier tant du present & futur de l'imperatif, que du futur de l'optatif, & present du conjunctif, *Ait* : combien que nous trouvions aucunefois *Aye*, mais rarement, & plustost en vers pour la rythme, ou pour esté-dre le mot, qu'en prose : comme dans Ronsard au 4. livre de la Franciade,

*Que Gondebaut, comme Prince cruel,*
*Aye meurdry leur oncle paternel.*

A l'vn des presens de l'optatif, & des impar-faicts du conjonctif, on dict, o que j'eusse : ou si j'eusse, tu eusses, il eust, &c. *Vtinam haberem, vel si haberem.* Baïf au 1. devis de Lucian,

*o que je vequisse heureux homme,*

*Si i'en eusse trois à donner.*

*Cheoir* : ce verbe avec ses composez *Eschoir*, *Dechoir*, *Recheoir*, faict au present de l'indicatif, ie *Ché*, tu *Chez*, il *Chet* : Et au pluriel, nous *Cheons*, vous *Cheés*, ils *Cheent*. Ronsard en ses Elegies,

*Ia des monts contre-Val les tiedes neiges cheent.*

A la troisiesme personne du present de l'imperatif, & de l'optatif, il a, qu'il *Cheie*. Baïf au 2. de ses Mimes :

*Qui faict la trape, qu'il ny Cheie.*

En l'vn des presens de l'imperatif & de l'optatif, & des imparfaicts du Subjunctif, il faict, que ie *Cheusse*, tu *Cheusses* il *Cheut* : nous *Cheussion* vous *Cheussiez*, ils *Cheussent*. Ronsard au 1. de ses Poëmes,

*Pour ne souffrir que tant de Vertus tiennes*
*Cheussent la bas aux riues Stygienes.*

Le participe du preterit passif est, *Cheut*, *Cheute*, *Escheut*, *Descheut*. Amiot, De l'amitié fraternelle : *Mais de grandes successions qui seront escheutes à leurs freres.* Et de la tranquillité de l'ame, *Sparte t'est escheute, mets peine de l'orner, comme dict le commun proverbe.*

Le participe present de l'actif est *Cheant*. Du-Bellay en ses vers Lyriques,

*Oyez le bruit de ses tempestes,*
*Et Voyez ses foudres cheans.*

*Devoir* : ce verbe en l'vn des presens de l'optatif, & des imparfaicts du conjonctif, faict ie *Deusse*, tu *Deusses*, il *Deut*, nous *Deussions*, vous
*Deussiez*,

Deußiez, ils Deußent. Amiot, De la nourriture
des enfans : Car au contraire ils deußent eux mesmes esprouuer souvent, & de peu en peu de jours,
comment ils profitent. Et en l'opuscule, Commēt
on pourra discerner le flateur : Tant de choses ma-
lement, & temererement meslées, qui ne deußent pas
estre en nos actions, en nos propos, & en nos paßions.

Il faict aussi aux mesmes temps : je Deuroy, tu
Deurois, il Deuroit, nous Deurions, vous Deuriez,
ils Deuroient, ou Deußent　Amiot au mesme traicté, Comment on pourra d'cerner le fl teur :
Quand nous ne deurions prendre garde à viure cor-
rectement pour autre cause, encore le deußions nous
faire au moins à fin que nos ennemis, &c.

Douloir, faict as prefent de l'indicatif, Ie me
Deuls, tu te deus, il se deult. Ronsard en ses Elegies,

Ainsi par les defers tous les iours ie me duels.

Et au 11. de ses Poëmes;

Non ie ne me duels pas qu'une telle abondance, &c.

Ioach. Du-Bellay en les regrets,

Qui se plaint, qui se deult, qui murmure, qui crie.

Et Amiot, De la vertu morale : Ils s'esbahissent
encore, & doubtent si la partie qui se courrouce qui
se deult, qui s'esjouit en nous, peut bien obeir à la
raison.

Au pluriel du mesme temps present, il faict
nous nous Dueillons, vous vous Dueillez, ils se
Dueillent Amiot, De la vertu morale : Car toute
paßion, selon eux, est faute & tous ceux qui se duiel-
lent, ou qui craignent, ou qui appetent, faillent. Et

H

en l'opuscule, *Comment on se peut loüer soy mesme: Qui plus est, les blasmes mesmes, & les reprehensions sont quelquefois bien dangereuses à faire choper, & desvoyer ceux qui se duïllent de la vaine gloire.*

En l'vn des presens de l'opratif, & des imparfaicts du conjonctif, il a, *que je me Doulusse, tu te Doulusses, il se Doulust, nous nous Doulussions, &c.* Baïf au 1. de ses Mimes:

> *T'ont batu, sans que t'en doulusses,*
> *T'ont tiraillé, sans que le sceusses.*

Le participe du present est *Dolant*; qui se deult, qui est malade. Amiot, *Comment on pourra discerner le flateur: Car ainsi les flateurs appliquent leur liberté de parler aux parties qui ne sont point dolentes, & qui ne font point de mal.*

*Esmouvoir,* faict au futur d'l'indicatif, *i'Esmouveray, tu Esmouveras, il Esmouvera,&c.* Comme son simple, *Mouvoir.* Amiot, *Des oracles qui ont cessé: Ne l'vn ne l'autre, respondit adonc Cleombrotus, n'esmouveroit ces hommes là de rien.* Et Ronsard en la preface de la Franciade: *Tu seras industrieux à esmouvoir les passions & affections de l'Ame, ( car c'est la meilleure partie de ton mestier, ) par des carmes que t'esmouveront le premier.*

*Faloir:* c'est le seul verbe impersonel que nous avons en François, lequel merite proprement ce nom, parce qu'il n'est jamais personel, estant conjugué seulement par les troisiesmes personnes du singulier: *il faut, il faloit, il falut,* où il a *fallu, il auoit fallu, il faudra.* Son participe, seruant à l'vn des gerundits, est *falant,* duquel Baïf vse au 1. deuis de Lucian,

> Sçachant que l'amour n'estoit seure,
> Falant souffrir vn compagnon :

pour, Ayant à souffrir, lors qu'il falloit necessairement souffrir.

*Mouuoir,* faict au present *ie Meu, tu Meus, il Meut, nous Mouuons, vous Mouués, ils Mouuent.* Ronsard au 1. liure de ses Hymnes,

> Ils appaisent les flots, ils mouuent les orages.

L'on dict aussi, *nous Meuuons vous Meuuez ils Meuuent.* Ronsard au 5. des Odes :

> Vents qui meuuez l'air vostre amy,
> Enfans engendrez de la seine.

*Ramenteuoir :* remettre en memoire. Il faict au present, *ie Ramentoy, tu Ramentois, il Ramentoit, nous Ramenteuons, vous Ramenteuez, ils Ramentoyuent.* Son participe du preterit passif est, *Ramentu.* Du-Bellay au 4. de l'Æneïde :

> Dont tant de biens que tu m'as ramentus.

*Seoir,* faict au present de l'indicatif, *ie Sié, tu Sies, il sied.* Amiot, Comment on pourra discerner le flateur: *Mais le flateur se sied tousiours au pres de celle qui est priuée de raison.* Et au pluriel, *nous Seons, vous Sées, ils Seent, ou Seient.* Amiot, De la vertu morale : *C'est pourquoy ez Citez qui sont gouuernées par vn Senat, les Magistrats qui seent en iugement, ne permettent pas aux orateurs & aduocats d'esmouuoir les affections.*

H 2

Il y a u p eterit imparfaict, *je seoy, tu seois*, il *Seoit*: Et au pluriel, *vous seion, vous seiez*, ils *Seoient* Amiot, Es dicts notables de Lacedemoniens: *Et apres souper estans allés voir l'auditoire des Ephores, vendirent leurs gorges dedans, & qui plus est firent leurs affaires sur les chaires mesmes où se seoient les Ephores.*

Il faict aussi au mesme temps: *je sisoy, tu sisois, il sisoit.*

Au singulier de l'imperatif il faict, *sied toy*, ou *sees toy, qu'il sée.* Amiot, De la nourriture des enfans: *Ne te sied point sur le boisseau.* Et au pluriel, *Seon nous seez vous qu'ils seent*: comme au pluriel du present de l'indicatif, & du futeur de l'optatif. Baif en la 3. Eclogue,

*Tenot seon nous donc, je ne puis t'en desdire.*

Au futeur de l'opt f ous ations. *à la miesne volonté que je seie, tu seies, &c.* Et de mesme au present du subjunctif, *comme ainsi soit que je seie, tu seies &c.* Amiot, En l'instru ion pour ceux qui manient ffaires d'estat: *Ià Dieu ne plaise que je seie jamais en siege presidial, ou mes amys n'ayent point plus davantage que ceux qui ne seront point mes amys.* Et en l'opuscule, Des dicts notables des Lacedemoniens: *Vn autre voyant des hommes qui s'en alloient aux champs assis dedans des coches, Ià Dieu ne plaise, dict-il que je me seie jamais en siege dont je ne me puisse lever au devant d'vn plus aagé que moy.*

Le participe present est *seant, seante.* Amiot,

Comment on pour~~ ~~ dit' erner le flateur : *Et se*
*seant aupres de luy qui estoit en son lict* Et Du trop
parler : *Ainsi l'yure parle follement à table, & le*
*babillard par tout au marché, au theatre, en se pro-*
*menant, en seant à table, de jour, & de nuict.* Et
en l'opuscule, Comment on se peut loüer soy-
mesme : *Et luy se souble vant vn petit en son seant,*
*les reprit & blasma grandement.*

siet, pour, Convient, ou advient, est vn verbe impersonel qui n'est conjugué que par les
troisiesmes personnes, & faict en la troisiesme
du singulier de l'imparfaict, *seoit :* pour, Con-
venoit, estoit bien advenant & decent. Amiot,
Comment il faut lire les Poëtes : *Il dict cela sa-*
*gement & modestement, & luy seoit bien de le dire.*
En la troisiesme du futeur de l'optatif, ou du
present du subjunctif, il faict *seie,* pour, Convien-
ne. Amiot, Comment on pourra discerner le
flateur : *Si l'on à la barbe mal faicte, ou vn veste-*
*ment qui seie mal.*

soulóir, n'a point de present à l'indicatif, &
forme seulement l'i npa-faict, *je souloy, &c.*

Voir, qui faict au present *je voy, tu vois, &c.*
Au futeur de l'indicatif il a, *je voirray, tu voirras,*
*il voirra.* Ronsard au 1. livre de ses Poëmes;
*Le jour que je voirray son depart approcher.*
Et au 1. livre des Hymnes :
*Vers le soir par effect il en voira la fin.*
Et Du-Bellay semblablemët au 6. de l'Æneide:
*Quel appareil de funebres douleurs*

H. 3

*Voiras tu Tybre.*

Nous difons auffi, *ie verray, tu verras, &c.*
Du-Bellay en fon Olive :

*Il y verra l'or, l'yvoire, & le marbre.*

En l'vn des prefens de l'optatif, & des imparfaicts du conjonctif, il faict : *Ie voiroy, tu voi-
rois, il voiroit, nous voirions, vous voiriez, ils voi-
roient.* Ronfard au premier liure des Hymnes,

*Ores en vn chevron les voiriez allonger.*

*Vouloir,* faict au prefent de l'indicatif, *ie veuil,*
*& ie veus, tu veus, il veut, nous voulons, &c.* Remy
Belleau en fa Bergerie :

*Car ie veuil qu'il femble vrayment*
*Qu'vn filet rare proprement*
*T foit collé.*

L'vn des prefens de l'optatif, & des preterits
imparfaicts du conjonctif, eft, *ie voufiffe, tu vou-*
*fiffes, il voufift, nous voufiffions, &c.* Comme, *ie*
*veiffe, tu veiffes il veift nous veiffions, &c.* du verbe
voir, Baif au 1 liure de fes pafferemps :

*Si non qu'enrichir voufiffe*
*D'eau la grand mer ondoyant.*

Et Amiot, Pourquoy la iuftice diuine, &c. Au
refte qu'il foit vray que l'ame d'vn mefchant homme
apres fa mort, voyant fes propres enfans griefue-
ment punis pour elle, ne voufift pas pluftoft perdre
tous les honneurs que l'on fçauroit faire à Iupiter, que
de retourner à eftre derechef injufte.

Nous difons encore, *ie voulufle, tu voulufles,*
*il vouluft, nous voulufsions, &c.* Amiot, Que l'on

ne sçauroit vivre joyeusement selon Epicure :
L'homme ne sçauroit chasser arriere soy, encore qu'il
le voulust, la souvenance de ses loüables & vertueu-
ses actions. Et au banquet des sept Sages : Ce propos estant achevé, je les priay qu'ils voulussent aussi
nous enseigner du mesnage, comment il s'y falloit
gouverner.

# TROISIESME CONIVGAI-
## son des verbes en RE.

LA troisiesme conjugaison, qui est des verbes terminez en Re, en leur infini, est fort
bigarrée & diverse : car aucuns verbes de ceste
conjugaison ont vne voyelle, ou diphthongue
devant Re, les autres ont quelque consonne, &
tous presque sont anomaux & irreguliers, mal-
aisez à varier & former : tels sont entre autres
les verbes suivans lesquels nous auons icy rangé
selon l'ordre des voyelles & consonnes qui precedent la terminaison Re

### AIRE.

Attraire : ce verbe faict au present de l'indicatif, i Attrays tu Attrais, il Attraict : Et en la
troisiesme personne du pluriel, ils Attrayent.
Amiot, Es preceptes de mariage Aussi les femmes qui composent certains brevages d'amour, ou
quelques autres charmes & sorceleries, pour donner

H 4

à leurs maris, & qui les attrayent ainsi par allechemens de volupté.

En la troisiesme personne du nombre pluriel du present & futeur de l'imperatif, du futeur de l'optatif, & present du conjonctif, il faict aussi *Attraient.*

Autant en est il des autres composez de *Traire,* qui sont *Distraire, Pourtraire, Retraire* : & du verbe *Braire* : tous le quels en pareils temps, & personnes, 'ont semblablement *Ils Traient, Distraiet, Pourtraient, Retraient, & Braient.*

*Raire* : present de l'indicatif est *ie Ray, tu Rais, il Rait, nous Rasons, vous Rasez, ils Rasent.*

### D I R E

*Boire,* faict au present de l'indicatif, *ie Boy, tu Bois, il Boit, nous Boiuons ou Beuuons, vous Boiuez ou Beuuez, ils Boiuent ou Beuuent.* De là sont formez les deux participes presens, *Boiuant & Beuuant,* qui sont tous deux bons, mais le dernier est plus vsité. Ronsard au 4. livre des Odes.

　　　*La terre les eaux va boiuant,*
　　　*L'arbre les bois par sa racine.*

Et plus bas :

　　　*Et boiuon l'vn d'l'autre, à fin*
　　　*Qu'au cœur nos tristesses encloses,*
　　　*Prenent en boiuant quelque fin.*

Amiot au traicté d'Isis & d'Osiris : *ils vsent aussi de ceste composition de Ciphi en breuuage, car ils tiennent qu'en le beuuant il purge & lasche le ventre.*

## I R E.

*Dire* : ce verbe faict en la troisiesme personne du futur de l'imperatif, *qu'il Die* : & au pluriel *qu'ils Dient*. Et de mesme au futur de l'optatif, & au present du conjonctif, *que je Die, tu Dies, il Die : nous Disions, vous Disiez, ils Dient*. Amiot Comment on pourra reçevoir vtilité de ses ennemis : *De peur qu'il ne leur advienne qu'en disant à autruy ce qu'ils veulent, ils oyent qu'autruy leur die ce qu'ils ne veulent pas*. Le mesme au traicté, Comment on pourra discerner le flateur : *I'ay plustost besoin d'vn amy qui avec moy juge la verité, & qui la die franchement*. Et au traicté, De la maniue ud ; *Ie ne me soucie pas de chose que tu dies, mais de ce que pense celuy-là qui se taist*. Et en l'opuscule, Comment il faut nourrir les enfans : *Outre les susdicts preceptes, il faut encore de jeunesse accoustumer les enfans à vne chose qui est tres saincte, c'est qu'ils dient tousiours verité*. Et au traicté, Que le vice seul rend l'homme mal heureux : *Qu'il soit ainsi, on voit plusieurs qui endurent qu'on leur coupe la chair & les membres, sans qu'ils dient mot*.

Nous trouuons pourtant quelquesfois *dise, & disent* au present du conjonctif : mais non jamais au futur de l'imperatif, & de l'optatif. Du Bellay en ses regrets,

*Entre tous les bonneurs dont en France est cognu*
*Ce renommé Bertran, des moindres n'est celuy*
*Que luy donne la Muse, & qu'on dise de luy,*
*Que par luy vn Salel soit riche de venu.*

H 5

Toutesfois *Die* , & *Dient* , sont plus vsitez en ce mesme temps. La seule troisiesme personne du present de l'indicatif, faict au pleuriel *Disent*. Baïf au commencement de ses Mines,

> *Ah ! tous ceux la Seigneur qui disent,*
> *Seigneur, Seigneur.* ——

Et en la troisieme personne de l'vn des presens de l'optatif, & des imparfaicts dit conjonctif au pleuriel, il faict *Dissent*. Amiot. De la superstition ; *Quant à moy i'aymerois mieux que les hommes dissent de moy, que Plutarche ne fut jamais, ny n'est point aucunement, que s'ils disoient. Plutarche est vn homme inconstant, variable, cholere, & vindicatif.* Et en l'opuscule, Comment on pourra recevoir vtilité de ses ennemis : *Et pourtant Scipion Nazica comme quelques vns dissent & estimassent que les affaires des Romains estoient desormais en toute seureté, &c*

Autant en est-il de son composé, *Maudire*. Baïf en son Eunuque,

> *Dieu te maudie.* ——

*Gire, ou Gesir*, pour, Consister, demeurer, reposer. Plusieurs verbes en ceste conjugaison ont double Infinitif, d'où divers temps sont formez, selon la Conjugation à laquelle ils appartiennent : comme *Raire*, & *Raser* ; *Traire*, & *Tirer* : *Ardre*, & *Ardoir* : *Apparoistre*, & *Apparoir* : *Querre*, & *Querir*. *Tistre*, & *Tissir* : *Gire*, & *Gesir*. Cestuy-cy fait au present de l'indicatif, *ie Gy, tu Gis, il Gist, nous Gisons, vous Gisez, ils*

Gisent. Amiot, De la vertu morale: Car il ne faut
pas estimer que toute vertu consiste en mediocrité,
d'autant que la sapience & prudence qui n'ont besoin aucun de la partie brutale & irraisonnable, gisent seulement au pur & sincere entendement &
discours du pensement, non sujettes aux passions.

Au futur de l'Indicatif nous disons, Ie Gerray,
tu Gerras, il Gerra, plutost que ie Giray, tu Giras.
Amiot, Es preceptes de mariage,

Toute au tombeau morte gerras,
Pource que cueilly tu n'auras
Iamais des roses, dont fleurie
Est la montagne Pierie.

Combien que Ie Gerray, semble pouvoir estre
dit aussi pour, Ie Gesiray, qui est le futur du verbe Gesir.

Frire, fait au present de l'Indicatif. Ie Fri, tu
fris, il frit, nous frions, vous friez, ils frient.

Rire, fait en la seule troisiesme personne de
l'vn des presens de l'Optatif, & des Imparfaits
du Conjonctif Rissent, comme Dire, Dissent.
Ronsard au 9. Tome de ses Oeuvres:

A fin que du grand Turc les peuples infideles,
Rissent en nous voyat sanglas de nos querelles.

Tout par tout ailleurs on dit, Rie, & Rient.

Bruire: fait au present de l'Indicatif, Ie Bruy,
tu bruis, il bruit, nous bruyons, &c. Amiot, Comment il faut ouyr: Les assistans crient & bruient
si haut, & si fort au dedans.

Conduire: au preterit indeterminé de l'Indicatif il fait , *Ie Conduiſi* , *tu conduiſis* , *il conduiſit*, *nous conduiſimes*, *vous conduiſites*, *ils conduiſirent*. Et ainſi de ſes ſemblables, *Deduire, Produire, Reduire, Traduire*, leſquels ſuivent leur ſimple *Duire*. *Amiot, Des vertueux faicts des femmes; Parquoy Phobus eſtant de retour à Phocée propoſa ce party à ſes Citoyens, & leur ayant fait trouver bon, y en voya pour capitaine ſon frere , qui conduiſit les nouveaux habitans. Et d'Iſis & d'Oſiris: Et l'ayant trouvé difficilement & à grande peine , par le moyen des chiens qui la conduiſirent au lieu où il eſtoit.*

En la troiſieſme perſonne du futur de l'Imperatif, & en la premiere & troiſieſme du futur de l'Optatif, & preſent du Conjonctif, il fait *conduie, & conduiſe*. Baïf en ſon Brave,

 *Allez vous en, Dieu vous conduie.*
Où il reytere pluſieurs fois ce vers. Et au 1.devis de Lucian,

 *Et puis qu'il faut que vous conduie,*
 *ſi me ſuivés non lentement.*

*Luire*; Il fait au preſent de l'Indicatif, *Ie Luy, tu Luis; il Luit*; Et en l'vn des preterits , *ie Luiſi, tu Luiſis, il Luiſit*. Baïf au 7.des Poemes:

 *Quand d'vne loüable entrepriſe,*
 *Par nous la muſique remiſe,*
 *Luiſt en ſon premier honneur.*

   C R E.

*Vaincre*, fait au preſent de l'Indicatif, *Ie Veinc, tu Veincs, il veinc, nous veincons &c.* Ronſard au 2. de la Franciade;

——— *maint flambeau qui reluit,*

*Du plancher d'or, veine l'ombre de la nuict.*

Au futur on dit, *Ie veinqueray, tu veinqueras,*
&c. Et par contraction, *Ie veincray* &c. Baïf au
2. de ses Mimes;

*Nous veinquerons, ayons bon cœur.*

### DRE.

*Prendre*, qui a pour present, *Ie Pren, tu Prens,*
&c. fait en l'vn des preterits parfaits de l'Indi-
catifs *Ie Pris, tu Pris, il Prist*; & en la troisiesme
personne du pluriel, *ils Prirent*, & non, *Ils Prin-
drent.* Amiot, Des vertueux faicts des femmes:
*Elles prirent des espées, & les cacherent dessous leurs
robes, & sortirent à tout quant & leurs maris* Et
vn peu plus bas; *Mais sur ces entrefaites les femmes
se prirent à crier, & donnerent à leurs hommes les
espées qu'elles avoient aportées.* Le mesme, Ez dits
notables des Lacedemoniens : *Eux cuidans à voir
en cela vn certain signe & presage de Victoire, prirent hardiment le hazard de la bataille.*

En l'vn des presens de l'Optatif, & des preterits imparfaits du Conjonctif, il fait, *Ie Prisse, tu
prisses, il prist, nous prissions, vous prissiez, ils prissent.* Du Bellay en ses regrets;

*He chetif que ie suis, combien en gré ie prisse,*

*Qu'vn heur pareil au tien fut permis à mes yeux.*

Amiot, Pourquoy la iustice divine, &c. *Comme les ouvriers la prissent en main, pour la transfor-
mer en forme de vipere.*

*Attaindre*, fait au present de l'Indicatif, *i'At-*

*tain*, tu *Attains*, il *Attaind* ; comme *Craindre*.
Au preſent & futur de l'Imperatif, il fait , *At-*
*tain*, qu'il *Attaigne* ; Et au pluriel, *Attaignons*,
*Attaignez*, qu'ils *Attaignent* : comme au pluriel
du preſent de l'Indicatif.

Au futur de l'Optatif, & preſent du Conjonctif, qui eſt encore formé de là, il fait de meſme,
*Dieu veuille*, où comme ainſi ſoit que i'*Attaigne*, tu
*Attaignes*, il *Attaigne* ; nous *Attaignons*, vous
*Attaignés*, &c. Amiot, En la conſolation envoyée a Apollonius : *Car il n'eſt pas loiſible que ce*
*qui n'eſt pas pur & net*, *touche & attaigne à ce*
*qui l'eſt*.

*Empreindre* ; preſſer, ſerrer, imprimer, graver.
Le preſent de l'indicatif eſt , i'*emprein* , tu *Em-*
*preins*, il *Empreint*, nous *Emprenions*, &c. Ronſard
au 2. de la Franciade,

> *Que le courroux d'vne vague cruelle*
> *Les fit par force au rivage approcher*,
> *Et leur nacelle empreint contre vn rocher.*

En l'vn des preterits parfaits de l'Indicatif, il
fait l'*empreigny*, tu *Empreignis*, il *Empreignit*, nous
*Empreigniſmes*, &c. Baif au 8. liv. de ſes Poemes:

> —— *le ſang qui peignit*
> *Les ſix boulets , dedans l'or s'empreignit.*

*Geindre* ; plaindre, Gemir. Il a pour ſon preſent, ie *Gein* , tu *Geins*, il *Geint* , nous *Geignnons*,
vous *Geingnés* , ils *Geingnent*. Le participe eſt
*Geignant*. Baif en ſon Euhieque,

> *Il accourt vers mey tout eſmeu,*

Et grignant les levres pendantes,
Vouste mains & iambes tremblantes.

Refraindre: refrener, arrester avec vn frein. Il fait au present de l'Indicatif, ie Refrain, tu Refrains il Refraint, nous Refraignons, &c. comme Faindre, Paindre, Teindre. Baif au 4. livre de ses Poemes,

Mais il refraint tous les sales plaisirs.

Le futur de l'Indicatif est ie Refraindray, tu Refraindras, &c. Baif en son Brave ;

————— si tu es sage,

Tu refraindras ton fol langage.

Pondre, fait au present de l'indicatif, ie Pon, tu pons, elle pond, nous pondons, vous pondez, elles pondent. Amiot, De Isis & d'Osiris, parlant des Crocodilles; Elles en pondent soixante, & les pondent en autant de iours, & vivent autant d'années, ceux qui vivent le plus longuement. L'on dit aussi, nous Ponnons, vous ponnez, elles ponnent. Remy Belleau en sa Bergerie, Pour bastir & façonner leurs nids, où ils ponnent & couvent leurs oeufs, & nourrissent leurs petits.

Il a au preterit parfait, I'ay Ponnu, tu as ponnu, elle a ponnu. Et en l'vn des inderminez, ie Ponnu, tu ponnus, elle ponnud; nous ponnumes, &c.

Semondre, convier, inviter. Il fait au present de l'Indicatif, ie semon, tu semons, il semond, nous Semonnons, vous semonnez, ils semonnent. Au futur de l'Imperatif, & Optatif, on dit Que ie semonne, qu'il semonne. Ronsard au 1. de ses Oeuvres,

*Pein tout autour vne levre beßonne,*
*Qui d'elle mesme en s'eslevant semonne*
*D'estre baisée.* ———

*Ardre,* pour, Brusler: du Latin *Ardere.* Son participe paßif est *Ars,* & *Arse.* Remy Belleau en sa Bergerie;

——— *& sa terre voisine,*
*Arse du feu du Ciel, inventa sa ruyne.*

*Destordre,* fait au present de l'Indicatif, *ie Destor, tu Destors, il Destord:* Et au pluriel, *nous Destordons, vous Destordez, ils Destordent;* comme le simple *Tordre* miot, De la superstition, *Là où le superstitieux se mouvant & affectionnant envers elle, autrement qu'il ne faut, se destort & forvoye.* Et au traicté, Comment on pourra discerner le flateur: *Les meurs sont comme le principe & la fontaine dont decoule toute noftre vie, laquelle ils destordent en donnant aux vices les noms des vertus.*

*Mordre,* fait au present *Ie Mor, tu Mors, &c.* Son participe paßif est *Mors,* ou *Mordu:* Et pour le feminin, *Morse,* & *Morduë.* Ronfard au 2. Bocage Royal,

*Ma femme qu'vn serpent a morse dans le pié.*
Et Baïf au 2. de les Mimes,

——— *La pierre on jetté*
*Morse par vn chien enragé.*

*Tordre,* il fait au present de l'Indicatif *ie Tor, tu Tors, il Tord, nous Tordons, &c.* Amiot, De la tranquilité de l'ame: *Tout ainsi donc comme le soulier se tord selon la torse & forme du pied, & non*

*ou au contraire,*

Le participe du preterit passif est *tors.* Amiot, En l'instruction pour ceux qui manient affaires d'estat: *Mais il n'en peut venir à bout, ains fut emporté mal-gré luy, & entrainé à col tors par la violence du peuple iusques à la Sicile.* Et Ronsard au 2. de la Franciade:

    *Et s'embrassant à bras courbez & tors.*

*Sourdre:* sortir, naistre, se lever. Il a au present de l'Indicatif, *ie sours, tu sours, il sourd:* Et au pluriel, *ils sourdent.* Baïf au 1. de ses Mimes:

    *Du mespris sourd la felonie.*

Et plus bas:

    *Vn grand feu sourd d'vne bluette.*

Et derechef:

    *De profonde paix sourd la guerre.*

Amiot, Comment on pourra discerner le flatteur: *Et si d'avanture il sourd quelque demangeson d'amour, ou quelque courroux de ialousie.* Et, De la vertu morale; *Les diversités & differences des passions qui sourdent & germent de la chair comme de leur source & racine.*

L'imparfait de l'Indicatif est *ie sourdoy, tu sourdois, il sourdoit: nous sourdions, &c.* Ronsard en ses Epitaphes:

    *Il a fermé la bouche où sourdois l'abondance*
    *D'vn parler plusqu'humain, emmiellé d'eloquéce.*

En l'vn des preterits parfaits il a, *ie sourdy, tu sourdis, il sourdit:* Et au pluriel, *ils sourdirent:* car il n'y a proprement que les troisiémes person-

nes de ce verbe qui foyent en vfage. Amiot
Es dits notables des Lacedemoniens : *Defpu-*
*eftant venu à mourir, il fourdit quelque different en-*
*tre les alliez de Lacedemone touchant quelques af-*
*faires.*

Son participe actif eft, *fourdant.* Amiot au
traicté, Pourquoy la iuftice divine, &c. *Finale-*
*ment il y vit fon propre pere fourdans d'vn puis*
*profond.*

*Refourdre:* fourdre derechef, revenir, fe relever,
refortir, renaiftre. Son preterit paffif eft *Refours,*
& *Refourfe:* qui eft revenu, & reforty, ou refor-
tie. Amiot Pourquoy la iuftice divine, &c. *Eftant*
*apres fi long intervalle de temps refourfe & reve-*
*nué comme du fond au deffus, celle fimilitude de*
*race.*

*Abfoudre:* Ce verbe fait au preterit parfait indeterminé de l'Indicatif, i *Abfolu, tu Abfolus, il*
*Abfolut nous Abfolumes &c.* Amiot, Es dits
notables des anciens Roys: *Et de fait il abfolut la*
*Ville toute, & ftennius mefme.* Et au pluriel , *ils*
*Abfolurent.* Amiot , Comment on fe pourra
loüer foy-mefme: *A peine abfolurent Pelopidas qui*
*plioit à telles objection, & les fupplioit.* Autant en
eft-il de fes femblables, qui font *Diffoudre , &*
*Refoudre,* lefquels fuivent leur fimple *foudre ,* en
la formation de leurs temps.

Son participe du preterit paffif eft *Abfous,* ou
*Abfoult* : & pour le feminin *Abfoute.* Amiot,
Comment on pourra recevoir vtilité de fes en-

demis: *Son procés criminel luy en fut fait, par lequel elle fut absoute, mais le souverain Pontife Spurius Minucius en luy prononçant sa sentence d'absolution, &c.*

Boudre ; *voy* Boüillir, en la quatriesme conjugaison.

Coudre: ce verbe fait au present *ie* Cou, *tu* Coue, *il* Coust: *nous* Cousons, &c. Amiot, Comme on se peut loüer soy mesme: *Brief toute la harangue pour la couronne coust fort dextrement ses loüanges.*

En l'vu des preterits parfaits de l'Indicatif, il fait *ie* Coussi, *tu* Cousis, *il* Cousit: *nous* Cousimes, &c. Ronsard au 2. livre des Hymnes:

—————— *tu luy cousis la peau*
   *D'vn petit Cerf au dos.*——————

Et derechef en ce mesme lieu:

*La rongneure en sa main soigneusement il serre,*
   *Qu'il cousist au dix bords des ongles du garçon.*

Dissoudre : ce verbe suit la conjugaison de son simple Soudre, & fait au present *ie* Dissou, *tu* Dissous, *il* Dissoult: *nous* Dissolvons, *vous* Dissolvez, *ils* Dissolvent. Amiot, Es regles & preceptes de santé : *Toutes telles indispositions se dissipent & se dissolvent facilement, quand vn esprit pur & net reçoit ces autres excessifs mouvemens.*

Son participe passif est Dissolu, ou Dissout. Amiot, Des oracles qui ont cessé:

*Comme vne estoile ardante, devoluë*
   *Du Ciel en l'air, aussi tost dissoluë.*

Esmoudre : affiler, aiguiser sur vne meule, Il

faict au present de l'indicatif, *ie esmous, tu esmous*,
& en l'imparfaict *ie esmouloy, tu esmoulois, il esmou-*
*loit.* Remy Belleau en sa Bergerie,

> *Les vns pour vendanger sur la pierre esmouloient*
> *Le petit bec crochu de leurs mousses serpettes.*

Moudre : ce verbe faict au present de l'indicatif, *ie Mou, tu Mous, il Meut : nous Moulons, vous*
*Moulez, ils Meulent.* Amiot, Au banquet des sept
sages : *Car i'ay moy mesme ouy, estant en l'Isle de*
*Lesbos, vne esclaue estrangere qui en tournant la*
*meule chantoit. Mous meule, mous, car aussi bien*
*meult Pittacus le Roy de la grande Mytilene.*

Au preterit imparfaict, nous disons *ie Mouloy,*
*tu Moulois, il Mouloit :* Et au pluriel, *ils Mouloient.*
Amiot, De la curiosité, *Ceux qui auoient du bled*
*en leurs maisons ne le portoient pas au marché, ains le*
*mouloient secretement la nuict en leurs maisons.*

Son participe passif est *Moulu.* Amiot, De la
fortune d'Alexandre : *i'eux la teste brisée d'vn coup*
*de pierre, & le col moulu & froissé d'vn coup de pilo.*

Resoudre : pour, Dissoudre, deslier, dissiper, &
separer derechef. Il est conjugué comme le simple *soudre*, avec le reste de ses composez, & faict
au present de l'indicatif, *ie Resou, tu Resous, il Re-*
*sout.* Amiot, Si l'homme d'aage se doit encore
entremettre des affaires d'estat. *Et tousiours l'hon-*
*neur de quelque Dieu qui resout & dissipe tout le*
*soucy, & toute l'austerité d'vn Palais, & d'vn se-*
*nat & Conseil.* Et au pluriel, *nous Resoluons, &c.*
Son participe passif est *Resolu,* ou *Resous.*

## R R E.

**Clorre** : le temps present de ce verbe en l'indicatif, est *je clo, tu clos, il clost: nous cloons, vous cloëz,*
*ils cloënt.* Amiot, Pourquoy la justice divine, &c.
*prin garde à ce que les ames des trepaßés ne font*
*point d'ombre, & ne cloënt & n'ouvrent point les*
*yeux.*

En l'imparfaict de l'indicatif nous disons, *je*
*clooy*, ou pour esviter le dur son de tel redouble-
ment de voyelles, *je cloüoy, tu cloüois, il cloüoit.*
Amiot, En la consolatiõ envoyée à Appollonius,

> *La femme ayant osté le grand couuercle,*
> *Qui du tonneau cloüoit la bouche en cercle,*
> *Maux infinis espandit aux humains.*

Son participe est *Cloüant.* Ronsard au 1. de la
Franciade:

> *Cloüant mes yeux enfermez de tenebres.*

Quand aux compos z e ce verbe, nous di-
sons *Escloons forcloons, excluons, & concluons & cõ*
*Esclorre* : le present de l'indicatif est *i'esclo, tu*
*esclos, il esclôt.* Et au pluriel, *nous escloons, vous es-*
*cloëz, ils escloënt:* comme du simple *clorre.* Amiot,
Es regles & preceptes de santé *Ne plus ne moins*
*que le calme de l'hyver à la couvée des oyseaux de*
*de mer que l'on appelle Halcyons : qui escloent leurs*
*œufs tousiours en beau temps, au milieu de l'hyver.*

En l'vn des preterits imparfaits de l'indicatif,
il faut *i'esclouy, tu esclouïs, il esclouïst.* Ronsard au
1. livre des Hymnes:

> *Que l'vn & l'autre avoit deßus la teste, alors*

*Qu'vn œuf de ses deux bouts les esclouït dehors.*

*Exclurre,* faict au present *i'exclu,tu exclus. &c.*
A l'imparfaict de l'indicatif il a, *i'excluoy, tu ex-*
*cluois:* Et en la troisiesme du pluriel *ils excluoient.*
Amiot, Que signifie ce mot *&:* Comme *pour tes-*
*moingner au Dieu de ce temple, qu'ils n'estoient que*
*cinq, & qu'ils rejettoient & excluoient de leur com-*
*pagnie le sixiesme, & le septiesme.*

### T R E.

*Estre :* ce verbe est appellé substantif, parce
qu'il ne signifie actió ne passion, ains denote seulement l'estre ou existence de la chose signifiée
par le nom avec lequel il est joinct. Il faict au
present de l'indicatif, *ie Suis, tu es, il est : nous*
*sommes, &c.* Car il est tout irregulier.

A l'vn des presens de l'Optatif, & des imparfaicts du Conjonctif,il a, *ie Fusse, tu Fusses,il Fut:*
*nous Fussions, &c.* Amiot. Es dits notables des
Laceś ou on ens : *ou sont-ils maintenant ces braves*
*Lacomiens? ou sont ils. Vn Laconien luy respondit, ils*
*n'y sont pas, car s'ils y fussent, vous ne seriez pas ve-*
*nus iusques icy.*

Au preterit plus que parfait tant de l'Optatif
que du Conjonctif, nous disons aussi, *ie Fusse, tu*
*Fusses, il Fust,* & par fois *il Fusse,* pour *Fust* du Latin *Fuissent,* qui est au mesme temps plus que parfait. Baïf en la 4. de ses Eclogues,

MARMOT ———— *Tu fusses enragé*
*Si comment que ce fust tu ne t'eusses vangé.*
IAQVIN. *Vrayement ce fusse mon.* ————

Comme qui diroit en Latin , *scilicet* , *ita fa-*
*rum fuiſſet.*

*Naiſtre,* qui a pour ſon preſent *Ie Nay, tu Nais,*
*Naiſt ; nous Naiſſons , &c.* A l'vn des preterits
indeterminez il fait , *ie Naqui , tu Naquis, il Na-*
*quit, nous Naquimes, vous Naquites, ils Naquirẽt.*

*Tiſtre , ou Tiſſir ;* car tous deux ſont bons. Ce
verbe eſt ſort irregulier , & defectueux. Au preſent de l'Indicatif il a, *ie Tis , ou Tis , il Tiſt ; nous*
*Tiſſons, vous Tiſſés, ils Tiſſent.* Du Bellay en ſon
Olive:

> *Voila comment ſur le meſtier humain,*
> *Non les trois Sœurs, mais Amour de ſa main*
> *Tiſt & retiſt la toile de ma vie.*

Amiot, *Comment il faut ſage ; Car ces femmes*
*là choiſiſſans à l'œil , les belles & odorantes fleurs*
*& herbes, en tiſſent & compoſent vn ouvrage qui*
*eſt bien ſoüef à ſentir. Et en l'œuf que De ſis &*
*Oſiris ; Ne plus ne moins que les Araignées qui*
*d'elles meſmes ſans aucune matiere ny ſubjet filſent*
*& tiſſent leurs toiles.*

### VRE.

*Vivre* ſon preſent eſt , *ie Vy, tu Vis, &c.* A l'vn
des preterits indeterminé, de l'Indicatif, il fait
*ie Veſqui, tu veſquis , il Veſquit : nous Veſquimes,*
*vous Veſquiſtes , ils Veſquirent.* Baïf au 9. de ſes
Poëmes:

> *Ie meur, qui jamais ne Veſqui.*

Et au 1. des paſſe-temps,

> *Qui te ſoigna tant qu'il Veſquit.*

Amiot, Es dits notables des anciens Rois: Scipion le puisné, en cinquante quatre ans qu'il ves-
quit, n'acheta, ny ne vendist, ny ne bastit onques rien.
Et Ronsard en les Epitaphes:

    *Car tant qu'elle vesquit elle fut la lumiere.*

L'on dit aussi au mesme temps, ie vescu, tu ves-
cus, il vescut. Amiot, De la tranquilité de l'ame:
*Et Laerces qui vescut l'espace de vingt ans à part*
*aux champs.* Toutesfois ie vesqui, est plus vsité.
Au preterit parfait de l'Indicatif, on dit, i'ay vescu, tu as vescu, il a vescu &c. Baïf au 1. de ses passetemps:

    *I'ay vescu: vous vivez vostre vie mortelle:*
    *Esperant ie vesqui pour la vie eternelle.*

En l'vn des presens de l'Optatif, & des imparfaits du Conjonctif, nous disons, ie vesquisse, tu
vesquisses, il vesquist. Baïf au 1. devis de Lucian,

    *O que ie vesquisse heureux homme*
    *si i'en eusse trois à donner.*

Et en son Brave:

    *Et que ceux en qui plus abonde*
    *La bonté vesquissent long temps.*

Nous disons aussi aux mesmes temps, ie ve-
cusse, tu vecusses, &c. Amiot, De la tranquilité de
l'ame, elle a preparé aux bestes brutes divers moyens
de se paistre & mourir, & n'a pas fait que toutes de-
vorassent la chair, ou toutes vecussent de grains &
de semences, ne toutes fouillassent les racines.

Toutes les premieres personnes du present de
l'Indicatif au singulier, sont formées en ceste
              conjugaison

conjugaison de l'infiny, en retranchant la derniere syllabe, hormis les verbes suivants. *Clorre*, qui fait *ie Clos*: *Mettre*, *ie Mets*: *Rompre*, *ie Romps*: *Veincre*, *ie Veincs*: combien qu'en tels verbes & autres semblables, l'on ne prononce sinon *ie Clo*, *ie Me*, *ie Rom*, *ie Vein*, reiettant les dernieres consonnes. Le substantif *Estre*, fait *ie suis*.

Le preterit parfait de l'Indicatif se termine communement en *u*: comme *i'ay Boulu*, *Esmoulu*, *Cousu*, *Tordu*, *Tissu*, *Vescu*. Il faut excepter entre autres, *i'ay Ars*, *i'ay Rais*, des infinitifs *Ardre*, & *Raire*: *i'ay Bruit*: *Duit*, *Dit*, *Frit*, *Ry*, des infinis, *Bruire*, *Duire*, *Dire*, *Frire*, *Rire*: *i'ay Attaind*, *Empreind*, *Geind*, des infinitifs *Attaindre*, *Empreindre*, *Geindre*: *i'ay Mors*, *i'ay Tors*, des verbes *Mordre*, *Tordre*: *i'ay Exclus*, *ie suis Nay*, *i'ay Pris*, *i'ay Recous*, *i'ay Trait*, avecques les composez, des infinis *Exclurre*, *Naistre*, *Prendre*, *Recourre*, *Traire*, &c. *Soudre* avec ses composez, *Absoudre*, *Resoudre*, & *Dissoudre*, fais *Sous*, & *Solu*, *Absous*, & *Absolu*, & ainsi des autres.

---

# QVATRIESME CONIVGAISON
## terminée en IR.

EN la quatriesme & derniere conjugaison, qui est des verbes terminez en IR, à l'infinitif, il y a plusieurs verbes qui font pareillement

I

à notter en la formation d'aucuns temps ; comme ceux cy qui enfuivent.

*Aſſaillir* : ce verbe fait au preſent, *i'Aſſau, tu Aſſaus, &c.* Et au futur de l'indicati, *i'Aſſaudray, tu Aſſaudras, il Aſſaudra* : comme *il Boudra, il Faudra* : des verbes *Boüillir, & Faillir.* Ronſard au 4. livre de la Franciade :

*Lors Almaric Roy des Gots, qui tiendra*
*ſous luy l'Eſpagne, ardant les aſſaudra.*

Et Amiot, Comment on pourra diſcerner le flateur : *Le flateur bon ouvrier de ſon meſtier, ne l'aſ-*
*ſaudra pas par ceſte voye.*

*Aſſervir* : il fait au preſent, *i'Aſſer, tu Aſſers, il Aſſert, nous Aſſervons, vous Aſſervés, ils Aſſer-*
*vent* : comme ſon ſimple, *servir.* Amiot, Es preceptes de mariage : *Les Philoſophes qui ſont la court*
*& s'aſſervent aux riches, ne les rendent pas honno-*
*ré, pour cela ains ſe rendet eux meſmes deshonnorez.*

*Aſſubiectir*, reduire en ſervitude, & ſubjectió. Le preſent de l'indicatif eſt, *i'Aſſubjectis, tu Aſ-*
*ſubiectis, &c.* Au pluriel du futur de l'Optatif il a, *nous Aſſubjections, vous Aſſubiecties, ils Aſ-*
*ſubiectent,* comme, *nous ſortions, nous veſtion, nous Partions, &c.* des verbes infinis *ſortir, Veſtir, Partir,* pour aller, & deſloger. Amiot, En l'inſtruction pour ceux qui manient affaires d'eſtat : *Mais auſſi en rendant ſa Ville, & ſon pays obeïſſant aux grands, il ſe faut bien garder que nous ne l'aſ-*
*ſubiection encore davantage qu'il ne l'eſt, ne qu'e-*
*ſt ne attaché par la iambe, nous ne le liions encore par le col.*

Benir, qui a pour son present, *ie Beny, &c.* fait au futur de l'Optatif, & present du Conjonctif, *Dieu vueille,* ou comme ainsi soit que *ie Benisse, tu benisses, il Benisse &c.* Et de mesme au futur de l'imperatif, qu'il *Benisse,* & non qu'il *Benie.* Baif au 1. de ses Mimes & enseignemens,

> *Bon Vicomte Dieu te benisse,*
>
> *Tu sçauois que c'estoit du vice.*

Son participe toutesfois est *Beni, ou Benit,* & *Benie,* au feminin, ou *Beniste,* indifferemment. Amiot, Comment il faut lire les Poëtes:

> *Pourquoy vas-tu honorant tyrannie,*
>
> *Qui est heureuse iniustice, & benie.*

Et Baif au 1 de ses Mimes & enseignemens,

> ——— *mais en crainte,*
>
> *Comme à chose benite, & sainte,*
>
> *N'oseroit toucher à son tas.*

Bouillir, ou Boudre, fait au present de l'indicatif, *ie Boul, tu Bouls, il Boult.* Baif en son Brave:

> *Est-ce tout? tu me bous du laict:*

pour, tu fais chose qui m'est douce, & bien agreable, par maniere de proverbe. Et du Bellay en son recueil de poësie,

> *Qui boult qui fume, en l'antre de ma gorge.*

Au pluriel on dit, *nous Bouillons, vous Bouillez, ils Bouillent.*

Au preterit parfait de l'indicatif nous disons, *i'ay Boulu, tu as Boulu, il a Boulu, &c.* ou autrement, *ie Boulu, tu Boulus il Boulust, &c.* Comme *i'ay Couru, tu as Couru, &c.* ou, *ie Couru, tu Cou-*

I 2

*rus &c.* Et de mesme, *ie Feru*, *tu Feru* : ou, *i'ay feru*, *tu as feru*, *&c.* des verbes *Courir*, & *Ferir*. Amiot, *Que l'on ne sçauroit vivre*, &c parlant de la volupté : *Parce que tout aussi tost qu'elle a boullu vn bouillon, par maniere de dire, en la chair, elle s'estaint, & ce qui en demeure en la memoire n'est rien plus qu'vne ombre & vne fumée.*

Toutesfois le participe du preterit passif, qui sert à la formation ou conjugaison de tels preterits de l'Indicatif, & des autres aussi par consequent, *est Boulli :* Et pour le feminin, *Boullie.* Amiot, *Es dits notables des anciens Roys*, parlant de Caton : *Il ordonna aussi que l'on disnat tout debout, sans manger viande chaude, mais que pour souper on s'assit qui voudroit, sans y manger autre chose que du pain, avec quelque potage lié, & vn simple mets de chair boulie ou rostie.*

Au futur de l'indicatif il fait, *ie Bouilliray*, ou *Boudray* : tu *Bouilliras*, ou *Boudras* ; il *Bouillira* ou *Boudra &c.* comme ayant deux infinitifs *Bouillir*, & *Boudre.* Amiot, *Pourquoy la iustice divine*, &c. *Lors que la cholere sera plus allumée, & que le cœur en boudra, & battra le plus fort en courroux.*

*Cueillir*, fait au present de l'Indicatif *ie Cueul, tu Cueuls, il Cueult, nous Cueullons, &c.* Ronsard en la 4. Eclogue :

  *On cueult du Baciet la fleur toute noirette.*

Et B. if u 6. des Poëms : [...]

  *Là Cypris de sa main cueult trois pômes dorées.*

Son composé *Recueillir*, fait pareillement [...]

recueil, tu Recueuls, il Recueult. Iodelle à Madame
Marguerite,

    Qui recueuls en l'autel de ma grand Marguerite.
Et Baïf au 2 de ses Mimes:

    Le baume on y recueut des hayes.

Ce verbe a encore vn autre singulier du mesme temps present, qui est. ie Cueille, tu Cueilles il
Cueille; Et au pluriel, nous Cueillons, &c. Amiot,
Comment il faut lire les Poëtes : Aussi en la le-
cture des Poemes l'vn en cueille la fleur de l'histoire,
l'autre s'attache à la beauté de la diction , & à l'e-
ligance & douceur de langage. Autant en est-il
de son composé, ie Recueille, &c. Amiot, En la
consolation envoyée à Appollonius : Duquel discours ie recueille ceste conclusion en fin , que la mort
n'est autre chose que la separation de l'ame d'avec le
corps.

    La troisiesme personne du present & futur de
l'imperatif, est aussi qu'il Cueille.

    Au futur de l'Optatif, & present du Conion-
ctif, nous disons semblablement, ie Cueille , tu
Cueilles, il Cueille; nous Cueillons, &c. Baïf au 2.
de ses passetemps:

    La rose est vne belle fleur,
    si on la cueille en sa vigueur.

    Devestir, fait au present de l'Indicatif, ie Devé,
tu Devés, il Devest, &c. Baïf au 1. de ses passetemps:

    Chacun y vient , sa plume recognoit,
    Du bec la sire, & le Chucas devest.

                                I 3

Au futur de l'indicatif on dit, ie Deueſtray, tu
Deueſtras, il Deueſtra: pour, ie Deueſtiray, &c.
Baïf au 1. de ſes paſſetemps:

——— chacun recognoiſtra,
Ce qui eſt ſien, le beau Roy de veſtra
De ſa beauté ———

Eſpanir, ou Eſpanouyr: Ils font au preſent, i'Eſ-
pany, tu Eſpanis, il Eſpanit ou i'Eſpanouy &c. Leur
participe du preterit paſsif, eſt Eſpani, ou Eſpanouy.
Baïf au 2. de ſes paſſetemps,

Touſiours la miénne eſpanie
Florira dedans mon cœur.

Leur compoſé eſt Reſpanir, ou Reſpanoüir. Ronſard au 2. livre de ſes Poëmes:

Comme l'aube du iour qui faiĉt reſpanoüir
Auecques la roſée, vne roſa fleurie.

Faillir, faiĉt au preſent de l'indicatif, ie Fau, tu
Faus, il Faut: nous Faillons &c. Baïf au 1. de ſes
Mimes,

Au bon chemin tous cuident eſtre,
Et qui mieux penſe aller, il faut.

Ferir, le preſent de l'indicatif eſt, ie Fier, tu
Fiers, il Fiert. Robert Garnier en ſa Bradaménte:

Tantoſt fiert du tranchant & tantoſt de la pointe.

Au pluriel il faiĉt, nous Fierons, vous Fierez, ils
Fierent. Au preterit indeterminé de l'indicatif on
diĉt, ie Feru, tu Ferus, il Ferut; nous Ferumes; &c.
Ronſard au 3. de la Franciade;

Et tellement la douleur la ferut,
Que par les champs hurlante elle conrut.

*Fuir*, qui est de deux syllabes, a pour present de l'indicatif *ie Fuy, tu Fuis, il Fuit* : qui n'est par tout que d'vne syllabe : mais au preterit il est de deux syllabes, *ie Fuy, tu Fuis, il Fuit*. Baif au 1. de ses Mimes,

    *Vn autre Cerf fuit l'enceinte*
    *D'aucuns venurs* ————

*Hayr*, qui est de deux syllabes, faict au singulier du present de l'indicatif, *ie Hai, tu Hais, il Hait*, qui n'est par tout que d'vne syllabe : combien que la tierce personne *Hait*, soit aucunesfois, de deux, mais c'est par licence Poëtique. Comme dans Baif au 2. de ses Passetemps :

    *Hait le mol repos, comme dure misere.*

Au plurl. qui est de deux syllabes par tout, on dict, *nous haïon vous haïez ils haient*. Amiot, De Isis & d'Osiris, parlant des De mons,

    *De l'vn en l'autre ainsi chassez ils cheent,*
    *Et tous ensembl. egalement les haient*

Au futur de l'indicatif nous disons, *ie Hairay, tu Hairas, il Haira nous Hairons, &c*. Par tout le quel temps ce verbe n'est au si que de deux syllabes. Baif en son Eclogue 19.

    ———— *ie te iure*
    *Que ie ne les hairay.* ————

Et en sa tragedie d'Antigone,

    *Le defunct te haira par bien bonne raison*

Et de la est qu'aucuns escriuent *Hairray, Hairre, Hairra*, par double r, pour monstrer que le mot n'est que de deux syllabes. Amiot, De l'vtilité qu'on peut recevoir de ses ennemis : *Mais celuy qui ne sera pas aveugle à l'endroit de celuy qu'il hairra.*

A l'imperatif on dit, *Hais*, qui est aucunefois de deux syllabes. Du Bellay en ses Regrets,

*Hais doncques Ronsard, comme pouvant aimer.*

*Issir*, n'a point de singulier au present de l'indicatif : au pluriel on dit *nous Issons*, *vous Issez*, *ils Issent*.

*Mourir*, qui a pour present de l'indicatif *ie Meur*, *tu Meurs*, *il Meurt* : Au present de l'imperatif il faict, *Meurs*. Amiot, Es dits notables des Dames Lacedemoniene : *Il court vn mauuais bruit de toy par deça, efface le, ou te meurs.*

*Maintenir*, fait au present, *ie Maintien*, *tu Maintiens*, &c.

Au participe du preterit passif l'on dit, *Maintins, ou Maintenu.* Baif au commencement de ses passetemps,

*Mais vive sous la main Royalle,*
*Maintins de faveur liberale.*

*Partir*, pour s'en aller : il faict au present de l'indicatif, *ie Par*, *tu Pars*, *il Part* : *nous Partons*, &c. Mais quand il est pris pour, Diviser en parties, il faict *ie Party*, *tu Partis*, *il Partit* : *nous Partissons*, *vous Partissez*, *ils Partissent*.

*Puir*, de deux syllabes, faict au present de l'indicatif, *ie Pu*, *tu Pus*, *il Put*.

*Querir*, ou *Querre*, car l'vn & l'autre est bon, pour, Demander, rechercher, aller prendre, ou

faire venir ce que l'on demande. Il faict au present de l'indicatif, *ie Quier*, *tu Quiers* *il Quiert*:
*nous Querons*, *vous Querez*, *ils Quierent*. Ronsard
au **3**. livre des Odes,

　　*Tous ces biens ie ne quier point.*

Et en les Elegies :

　　*Ce que tu quiers n'est point.* ——

　　Amiot, *Comment on pourra discerner le*
*flateur : Car cela n'est pas faict en amy, mais en So-*
*phiste, qui ne quiert que l'apparence, & veut cher-*
*cher sa gloire ez fautes d'autruy, pour en faire ses*
*monstres devant les assistans.*

　　Au preterit imp. rfaict nous disons, *ie Queroy*,
*tu Querois, il Queroit: nous Querions, &c.* Amiot,
*Comment il faut ouir,*

　　*Il ne queroit que des bribes coupées.*

　　Au futur de l'Optatif & present du Conjon-
ctif, il faict, *que ie Quiere*, *tu Quieres*, *il Quiere.*
Amiot, *Comment on le peut tuer soy-mesme,*

　　*Comment de peur est ainsi tres saillant*
　　*Ton foible cœur que ton œil par tout quiere*
　　*A se tirer de la bataille arriere?*

　　Le participe du preterit passif est *Quis*, &
*Quise.* Ronsard en l'Hymne de la France,

　　*Bien que la perle & les pierres exquises,*
　　*En nostre mer, des marchants ne soyent quises.*

　　Les composez *Acquerir*, *Conquerir*, *Requerir*,
*&c.* suivent la conjugaison du simple.

　　*Revestir*, faict au present de l'indicatif *Ie Reve*,
*tu Revez, il Revest: comme son simple vestir*, ou

　　　　　　　　　　　　　I. 5

le composé *DeVestir.* Amiot, *De l'avarice:* on
accoustré les tapes d'argent, on faict escurer les couppes,
on change les eschansons, on revest tout le monde.
Voy plus bas, *Vestir.*

Soustenir, faict au present de l'indicatif, *je Sou-*
*stien, tu Soustiens &c.* Il a pour participe du preterit passif, *Soustins, ou Soustenu :* comme *Main-*
*tins, & Maintenu,* du verbe *Maintenir.* Baif à l'entrée de ses ieux,

> *Silene la teste penchante,*
> *Dessur la beste rincanante,*
> *Soutins des Satyres folets.*

*Tenir* le participe du preterit passif, est *Tins,*
ou *Tenu :* comme *Maintins de Maintenir : Quis de*
*Querir,* auecques ses composez. Baif en la 10.
Eclogue,

> *Ou le sommeil m'a tins jusqu'à cest heure.*

*Tollir :* oster, emporter, Il fait au present de
l'indicatif, *je Folli, tu Tollis, il Tollit nous Tollissons,*
*&c.* Amiot, De Isis & d'Osiris *Nous enseignans*
*par cela que la raison a mis d'accord tout ce qui aupa-*
*rauant estoit en discord & ne tollit pas du tout entie-*
*rement la puissance de perdre & de corrompre, ains*
*la remplit & parfait.*

Son participe du preterit passif, qui sert à la
formation des autres preterits, est *Tollu.* Baif au
1. devis de Lucian,

> *Leur bonneur leur ayant tollu*

*Vestir :* il faict au present de l'indicatif, *je Ves, tu*
*Vez, il Vest nous Vestons, &c.* Amiot, Comment

ou pourra discerner le flateur ; C'est nostre office, en
touchant les differences qu'il y a, de descouvrir &
despoüiller ce masque qui se vest & se pare des couleurs & habits d'autruy.

Ce sont les verbes, & temps, qui nous ont
semblé plus irreguliers, & difficiles à varier en
leurs modes, ou manieres de signifier, esquels
plusieurs choppent, & en parlant & en escrivant;
fais en ton profit, & vse de nostre travail.

I 6

# MOTS FRANÇOIS,
## Qui sont aspirez, & prononcez
### asprement en teste.

A lettre *H*, qui n'est pas propremēt vois ny lettre, ains vne marque d'aspiration, ou prolation aspre & vehemente, laquelle nous tenons des Latins ; ne fait pas tousiours que la voyelle qui suit apres, soit proferée asprement en nostre langue, comme en la Latine. Car il y a ceste difference entre les vocables François escrits en teste par *H*, que ceux que nous emprontons du Latin, & qui viennent de dictiōs aspirées, quelles quelles soyent, Grecques ou Latines, ne sont pas pourtant prononcés avec aspreté, & ne retiennent en l'escriture la lettre *H*, que pour marque de leur origine & derivation : comme l'on peut voir ez mots *d'hermite*, *d'habitude*, *d'homme*, *d'histoire*, *d'horologe*, & autres semblables que nous tenons des Latins, ésquels la lettre *H*, ne fait rien du tout à la prolation, & n'empesche pas que la derniere voyelle du mot precedant (quand c'est vn E feminin, ou la voyelle de l'article *LA*) ne soit retranchée, ou confusement pronōcée avec la premiere voyelle

du mot ſuivãt, ne plus ne moins que s'il n'y auoit
aucune marque d'aſpiration entre deux:car nous
diſons l'ermite, l'abitude, l'omme, l'iſtoire, l'orologe,
comme s'ils fuſſent eſcrits ſans *H* & non *le Hermite*, ou *la Habitude*, & ainſi du reſte. Mas ſi le
mot eſt de noſtre cru, & pur François, en ſorte
que l'aſpiration luy ſoit naturelle & ennée, ſans
eſtre mendiée d'aucun vocable Grec ou Latin,
c'eſt alors qu'il eſt aſprement prononcé, & ſon
aſpiration inviolablement obſeruée tant en l'e-
ſcriture qu'en la prolation:de maniere que la
voyelle finale qui cloſt & termine le mot precedant, doit eſtre touſiours proferée à part, ſans
pouvoir eſtre meſlée ou confuſe, avec celle du
mot conſecutif qui a l'aſpiration au commencement. Ainſi diſons nous *le harnois*, *la hardieſſe*, *le
haḋre*, *la hauteur*, & non *l'harnois*, *l'hardieſſ*, *l'haḋre*, *l'hauteur*, comme font les Provençeaux &
Gaſcons par je ne ſcay quel vice de langue qui
leur eſt familier & commun. Or avons nous icy
recueilly, pour oſter toute occaſion & ſuiet de
doute, preſque tous les vocables fraçois qui n'é-
prontent point du Latin leur aſpiration:la premiere voyelle deſquels doit eſtre touſiurs proferée d'vn ſon aſpre & fort, ainſi qu'il apparoiſtra
par divers exemples & autorités, que nous y
avons adiouſté, priſes le plus ſouvent des poëtes
pour plus evidente & certaine preuve de noſtre
intention. Ce que nous avons fait volontiers en
faveur de ceux qui ne pourroient pas du moins

aisément discerner au vray les dictions qui sont
derivées du Latin, & les distinguer de celles qui
n'é sont pas derivées, & lesquelles on doit aspirer
en leur prolation, tout aussi bien comme en l'escriture; qui sont celles que nons avons icy rangé
suivant l'ordre & suite des lettres de l'Alphabet.

### H A.

*Hache*: outil à fendre & couper le bois. Remy
Belleau au 10. ch. p. de la vanité:

> *Qui fend à coups de coing, ou de hache le bois.*

C'est au si certain baston de guerre fait à façon
d'vne hache, duquel les hômes d'armes se servêt
apres la lance brisée. Baïf au 2. de ses poëmes:

> *La mesme main qui sur la gent Troyenne*
> *A oft brandi la hache Pelienne.*

*Hacher*: decouper menu. Ronsard en l'Hymne
de sainct Gervaise & Protaise,

> *Quand l'en euft la tefte tranchée,*
> *Et l'autre l'efchine hachée.*

*Hagard* : estrange & farouche ; terme de Fauconnerie. Ronsard au 1 de la Franciade:

> *Quand Iupiter, miracle! le transforme*
> *En la hagarde & chagrineuse forme*
> *D'vn Aigle noir.* ——

*Hait*, ou *Hait* ; allegresse & plaisir que l'on
prend à faire quelque chose. Baïf au 6. de ses
Poëmes,

> *Si vous m'en donniez asseurance,*
> *Ie mourray gaillard & de hait.*

C'est à dire volontiers, & de bon cœur, ioyeux

se contant.

*Haye*: closture faite de petis arbrisseaux, ou espines entrelassées. Baif au 1. livre de ses poëmes,

> Par vne noire nuict va du long de la haye
> Chasser aux oisillons. ———

*Haillon*; meschant lambeau, ou vestement deschiré. Baif au 3. de ses poëmes:

> ——— bani, pauvre, malade,
> Revestu de baillons. ———

Et Amiot au 2. des propos de table, quest. 1. *Celuy qui m'a vestu de baillons & de lambeaux.*

*Haine*; inimitié. Baif au 2. de ses Mimes:

> Hors de saison caresse ouverte,
> Accuse la haine couverte.

*Haineux, & Haineuses*, ennemi qui porte haine. Ronsard au 4. livre de la Franciade:

> Puis de haineux de venus bons amys.

Et Baif au 8. des Poëmes:

> Amollir le haineux courroux.

Du Bellay en ses divers Poëmes:

> Le viel desdain la haineuse rencœur.

*Haire*: cilice à masserer la chair, vestement faict de poil de chevre, ou d'estamine. Amiot, Es dits notables des Lacedemoniens: *Ils firent mourir vn qui faisoit le penitent public, portant vne haire comme vn sac sur sa chair, d'autant qu'il y avoit de la pourfileure de pourpre en sa haire.*

*Hairon*, voy Heron, plus bas.

*Hair*: avoir en haine. Baif au 3. des Poëmes:

> Ennemy que je hay d'vne haine aussi forte.

*Hale* ; marché publique , où toutes provision
& vivres abordent. Ronsard au 1. des Odes.

> *Leur marchandise ne s'eflalle*
> *Au plus offrant dans vne halle.*

*Halebarde, & Halebardier* : Ronsard au 1. de
ses Poëmes,

> *Le halebardier tienne au poing sa halebarde.*

*Halecret* : pour toute armeure de corps.

*Halener* : respirer avec peyne , & en haletant
*Anhilare* car il ne vient pas du Latin *halitus*, com-
me faict le mot *d'haleine* , qui n'est point aspiré.
Du-Bellay au 4. de l'Æneide,

> *Et si encor' le cœur mouvant essaye*
> *De halener vn bouche mettra prise :*
> *D'en réveiller la deffaillante haleine.*

*Haleter* : respirer ou halener souvent & avecques difficulté,

*Haller* : pour irriter, lascher apres, inciter. Baïf
en l'Eclogue 19.

> *Ie halle bellement mon chien apres la belle.*

*Hallier* : espines ou ronces espoisses. Ronsard
au 11. livre des Poëmes,

> *Et ne veut plus souffrir que son guéret offens*
> *De chardons se herisse & de haliers ronceux.*

*Hameau* : petit nombre de maisons champestres pres l'vne de l'autre sans forme de village.

*Hampe* : le manche des bastons de guerre.
Ronsard au 1. Bocage Royal,

> *Branlant au poing la hampe d'vne hache.*

*Hanap* : coupe à boire.

*Hanche* : le haut de la cuisse. Ronsard au 1. de ses Poëmes :

> *Son surpelis couloit jusqu'au bas de la hanche.*

C'est aussi la languete des cornemeuses & haut-bois : mais Ronsard l'escrit alors sans aspiration.

*Hanneton* : espece de grosse mouche ou papillon, l'abondance & multitude desquels est signe de bonne année. Baif au 1. de ses Mimes :

> *De hannetons la bonne année.*

*Hanir*, *& Hanissement* : mots formez du son & cry naturel des chevaux : d'où les Latins ont aussi tiré leur *Hinnire*. Ronsard au 3. des Odes :

> *Et le hanissement des chevaux, & la tourbe.*

*Hanter* : frequenter. Baif au 3. de ses passetemps :

> *Mais qui dans ma maison la souffrete ne hante.*

*Hant*, *& Hantise* : pour , frequentation. Baif au 2. de ses Mimes,

> *L'hienne apres le hant de l'homme,*
> *Sa vie & ses forces consomme.*

*Happer* : surprendre & arrester d'aguet. Baif au 1. de ses Poëmes :

> *D'vne mignarde glisseure,*
> *Coule sans estre happé.*

Et derechef au 4. livre :

> *Pour le happer d'aguet qu'on le guette & regarde.*

*Haquenée.* Ronsard au 1. livre des Hymnes :

> *Et en lieu d'vn roussin prenent la haquenée.*

*Haquet* : charrete faicte a deux brancards , ayant sur le devant vn molinet ou tour , pour bander

& charger plus commodement les tonneaux, & grosses balles. *Haquetier*, celuy qui charroye en hacquet.

*Haranc*: espece de poisson assez cognu, qui foisonne ez mers de Dieppe, autre que celuy que les Latins ont nommé *Halec*. Baïf au 2. livre de ses Mimes parlant de la raye,

> *Si trouve ton dedans sa pance.*
> *Souvent le haranc passager.*

*Harangere*: revenderesse de harangs, & choses semblables. Ronsard en sa response aux Ministres,

> *Ou quelque harangere assize à petit pont,*
> *Qui d'injures assaut, & d'injures respond.*

*Harangue*: Du-Bellay au 4. de l'Æneide,

> ———— *comment pourra sa langue*
> *Se deffier à si triste harangue?*

Baïf en son Brave:

> *A coup luy a coupé la langue,*
> *Et ne peut dire sa harangue.*

*Haras*: trouppe de chevaux & juments nourris en mesme lieu pour multiplier.

*Harassement*: travail, lassitude; du verbe *Harasser*, pour vexer & debiliter, par translation prise des *Haras*. Amiot, Si l'homme d'aâge se doit encore mesler des affaires publiques: *Lesquels donnent plus de troubles & de harassemens à ceux qui s'en retirent, qu'à ceux qui y demeurent.*

*Harceler*: assaillir ou poursuivre importunement quelqu'vn, le quereller, & crier apres. Ronfard en ses Elegies ;

———— *& tousiours desdaigneux,*
*Son mary la harcele, & luy soit rechigneux.*

*Harde,* ou *Hart* à lier fagots , & cho e sem-
bla les ; toute sorte de lien qui sert à tordre &
serrer. Baïf au 4. de ses Poëmes,

*Que luy & ses filles honnies*
*D'vne hart estouffans leurs vies,*
*Perdirent leur bonte, & les Cieux.*

*Harde,* ou *Harpail,* est pris en saict de venerie,
pour vne troupe de bestes fauves.

*Hardy :* courageux ; *Audax.* Ronsard au 2. des
Hymnes,

*Philosophe hardy, constant de toutes parts.*

*Hardiesse :* l'œuvre de celuy qui est hardy. Baïf
en son Brave,

*En as tu pris la hardiesse.*

Et Ronsard en les pronostiques, sur les miseres
de ce temps;

*Vn qui crioit enflé de hardiesse.*

*Hardillon,* pour le petit fer d'vne boucle , qui
traverse & arreste la courroye.

*Hardiment* avec hardiesse. Baïf en son Antigone:

*Dites le hardiment, car ce n'est d'aujourd huy.*

*Haridelle :* meschante petite monture. Baïf au
li livre des passetemps :

*Car vieille haridelle etique,*

*Ie sçay repiquer qui me pique.*

*Harigot :* petit chalumeau. Ronsard en sa 2.
Eglogue,

——————— *hier mesme Margot*
*Qui faict sauter ses bœufs au son du harigot.*

*Harnacher* : equiper vne mule ou cheval, l'orner de son equipage.

*Harnois* : equipage d'homme d'armes , ou autre attiral. Ronsard en sa response aux Ministres.

*Et pour venger ses os vestiroit le harnois*
*Contre toy brise tombe.* ———————

Et au premier de ses Hymnes :

*De harnois, de boucliers, de picques, & de haches.*

*Harpe* : pour vne lyre. Du Bellay au Sonnet 25. de ses antiquitez,

*Que n'ay je encor' la harpe Thracienne.*

C'est aussi en faict de venerie la griffe & patte des chiens.

*Harpeur* : sonneur de harpe. Ronsard en l'Ode 11. du 1. livre,

*Horace harpeur Latin,*
*Estant fils d'vn libertin.*

*Harper* : pour, accrocher , & venir aux prises.
Aucuns le derivent du Grec ἁρπάζω , qui signifie, ravir, attirer à soy, rapiner , mais il vient sans doubte du mot François *Harpe*, pris pour la patte & griffe d'vn chien, qui est touliours aspiré. Baif au 6. des Poëmes :

*D'espaule & d'estomach en large se harpans,*
*Evidez par le flanc des qui parchent rampans.*

*Hase* : la femelle du connin.

*Hasle* : couleur noire & basannée , que les rayons du Soleil laissent sur la chair. Ronsard en ses Elegies,

*Le hasle de mon front se refraichit sans peine.*

Hasté : bruslé de l'ardeur du Soleil : participe
du verbe *Hasler.* Ronsard au 1. des Hymnes,

―――― *des la terre gelée*

*Des Scythes englacez, jusques à la hallée*
*Des Mores bazanez.* ――――

Haste : pour, Accelaration & hastiveté. Ronsard au 1. de ses Hymnes,

*Retourne à toute haste, & gaigne le rivage.*

Hasler : presser & accelerer. Belleau en la premiere journée de sa Bergerie :

*Le hasler, l'enaigrir, le feindre, l'adoucir.*

Hastif, & Hastive : qui se haste. Belleau au 8. de
la vanité :

*Ne t'absente hastif des faveurs de ton Roy.*

Et Baïf en son Brave :

*Et te gardant d'estre hastive,*
*Fay la honteuse, la craintive.*

Hastiveté : haste, precipitation. Ronsard au 1.
livre de tes Hymnes,

*Luy qui mouroit de faim, de hastiveté grande.*

Haubert, ou Haubergeon : cotte de maille à man-
ches & gorgeriu ; espece d'armure ancienne, faite
à la façon des chemises ou cottes de mailles, qui
sont petits annellets de fer ou d'acier s'embras-
sans & tenans l'vn l'autre. Nos anciens prouer-
bes & quolibets :

*Le haubergeon maille à maille se faict.*

C'est à dire, petit à petit, auec patience, & par
traict de temps.

*Ha*ve: maigre & descharné, Baif au 1. de ses
Mimes,

> *La haue langueur, de famine*
> *Le peuple des champs extermine.*

*Ha*vée: prise, accrochement bien serré. Baif
en son BRAVE,

> *En voicy d'vne autre cuuée*
> *Il ne demordra sa hauée.*

*Ha*vet: fer croche comme vne agraffe. Baif au
1. des passetemps,

> *Ce pilon à double caboche,*
> *Ce coquemart, ce hauet croche.*

*Ha*vre: port de mer où les navires sont en seureté. Ronsard au 9 Tome,

> *Mais en voulant dedans le hauure entrer.*

*Hauqueton, ou Hocqueton*: Iuppe, casaque, comme celle des archers Ronsard en sa 3. Eclogue:

> *Le hauqueton d'vn Daim.*

*Hausser*: esleuer en haut. Belleau au 10. de la
vanité,

> *Qui te hausse le vent, & t'allume le cœur.*

Et du Bellay au 4. de l'Æneide:

> *Tu vois au mast le voile se hausser.*

*Haussebec*: mespris, haussement de nés fait par
mocquerie. Ronsard en vne Elegie parlant à
son liure,

> *Tu seras tous les iours des mesdisans mocqué,*
> *D'yeux & de haussebecs, & d'vn branler de*
> *teste*

*Haut*: ce mot est prononcé tousiours auec asreté en nostre langue, quoy qu'il semble venir du Latin *Altus*, qui est sans aspiration : mais il est pris à autre sens parmi nous, & signifie proprement Eslevé, grand, magnifique, excellent: comme en ces façons de parler ; *haut & puissant seigneur: hauts faits d'armes; haut iour: haute heure: haut büer* : & autres semblables. A quelque sens qu'il soit pris, il est tout par tout aspiré. Remy Belleau en la 5. Eclogue sacrée,

> *Son port, sa Majesté, sa taille haute & droite.*

Et du Bellay en son recueil de poesie,

> *Mars paisible à ceste fois,*
> *Fronçant le haut de sa face.*

C'est à dire, la partie plus eslevée, qui est le frôt. *Hautain* : haut eslevé, superbe. Du Bellay au 4. de l'Æneide,

> *A ce hautain, & superbe adversaire.*

*Hautbois, ou haubois*: espece de fluste. Ronsard au 2. Bocage Royal,

> *Il enfle le cornet, quelque fois le haubois.*

Et au 5. des Odes:

> *Comme Minerve inventa*
> *Le hautbois, qu'elle ietta*
> *Dedans l'eau, toute marrie.*

Amiot, De la superstition : *Tout estoit plein de ioüeurs de flustes, de haubois, & de tabourins, à fin que l'on n'ouyst point le cry de l'enfant?* Et, Es preceptes de mariage : *Ne se faschant point pour cela si elle sonne par la langue d'autruy, comme fait le haubois.*

*Hautement* : hautainement, & bien haut. Baïf au 3. des passetemps :

> *Et que hautement il tonne,*
> *Et boulverse, & canonne.*

*Hautesse* : excellence, hautaineté. Ronsard au 2. des Odes,

> *Et faysant que sa hautesse*
> *Daigne voir ma petitesse.*

*Hauteur* : sublimité. Ronsard au 1. livre des Odes :

> *Les autres d'autant surpasse*
> *Que d'vn rocher la hauteur*
> *Les flancs d'vne riue basse.*

*Hazard* : adventure, peril, chose fortuite, & qui est accompagnée de danger. Baïf au 4. des passetemps,

> *Que faites vous en ceste place pleine*
> *Tout à l'entour de hazard & de peine?*

Le mesme autres poëmes,

> *Vient le hazard de la mort ensouuir.*

*Hazarder* : exposer, & mettre au hazard, naïf au mesme livre,

> *Se hazarder à mort si detestable.*

*Hazardeux* : adventurier, qui ne doute rien. Ronsard au 1. de ses Oeuvres :

> *Quand empoigner sa masse hazardeuse.*

La regle que nous avons donné cy dessus, à sçauoir qu'il n'y a que les purs vocables françois qui soyent prononcés aspremencen ceste, semble n'auoir pas lieu en *Harpie*, parce que c'est vn

mot

mot Grec aspiré, duquel l'aspiration est neantmoins proferée & retenue par aucuns en nostre
langue: comme parle Ronsard en sa response
aux Ministres:

*Mais ta main de harpie, & tes griffes trop hayes.*

Et par Du-Bellay semblablement en son Olive,

*sale harpie, oiseau de triste augure.*

Quoy que le mesme Du Bellay en ait depuis
vsé sans aspiration, au 6. de l'Æneide,

*Encor' y est mainte harpie affamée.*

Comme faict aussi Baïf, au 3. des passetemps,

*Ton poil est doux comme vne ortie,*
*Ta main, vne griffe d'harpie.*

Et ne sçauroit-on monstrer que Baïf en ait
vsé jamais autrement. Mais Ronsard a voulu se
licentier en l'aspiration de ce mot, & de quelques autres, comme en celuy d'Hannibal, au 6.
tome de ses œuvres:

——— *Ainsi la fiere audace,*
*De Hannibal s'amortissans fit place*
*A Scipion.* ———

Et pareillement ez mots d'harquebuse, & d'har-
quebusier, par luy aspirez, en sa remonstrance au
peuple de France,

*Apres m'avoir tiré cinq coups de harquebuse.*

Et au 1. de ses Poemes,

*La pique, le piquier, & le haquebutier.*

Qui est contre l'vsage du vulgaire en France,
lequel prononce telles dictions sans aspiration,
voire les escrit bien souvent sans H, mesmement

K

le mot d'arquebuse, ou d'aquebute, qui vient selon
Polidore, de l'Italien *Arçobusio* , ( arc pertuisé )
comme le nommerent les Veniciens , qui furent
les premiers qui en vserent en guerre. Car quand
au mot *d'Hannibal ou Annibal* , il est manifeste
qu'il n'est point aspiré parmy nous. Du-Bellay
au tombeau de Henry 2.

*Et comme d'Hannibal l'invincible victoire,*

*Au vengeur Scipion ceda jadis sa gloire, &c.*

Et partant est-il plus certain & asseuré de proferer tels mots sans aspiration suivant nostre regle, que de les prononcer asprement contre l'v-
sage commun.

## H E.

Heaume : Armet, & coiffure de teste de l'homme d'armes. Baïf au 2. de ses Poëmes :

*Iamais qu'à contre-cœur n'affubloit le heaume.*

Heberger : loger. Baïf au 3. des passetemps :

*Brut se heberge icy : quand il s'habitua &c.*

Hedin : ville de Picardie. Baïf au 4. livre de
ses Poëmes :

*Du chasteau de Hedin la forteresse fiere.*

Henry : nom propre d'homme. Ronsard au 2.
des Poëmes :

*Du regne de Henry deux ou trois seulement.*

Heraut : messager qui denonce ou declare quelque chose de la part d'vn Prince. Ronsard parlant du songe, au 1. de ses œuvres :

*Le truchement, & le heraut des Dieux.*

Herisser : dresser en haut à guise d'vn herisson.

Ronsard au 1. de ses œuvres,

> *Bas à tes pieds ta meurdriere massuë*
> *Gist sans honneur, & bas la peau peluë*
> *Qui sur ton dos roide se herissoit.*

Et au 2. livre des Hymnes :

> *La vigne berissée en fueilles & en fruit.*

Du Bellay au 4 de l'Æneide :

> *De grand horreur son poil se herissa.*

**Herisson :** animal couvert d'espines pointues,
lesquelles il herisse & dresse contremont estant
irrité, d'où il est dict *berisson*, plustost, que du
Latin, *Erinaceus*, ou *bericius.* Amiot, De la fortune :

> *Le herisson est armé sur l'eschine,*
> *Horriblement, de mainte aiguë espine.*

**Heron, ou Hairon :** oiseau de proye. Remy
Belleau en sa Bergerie,

> *Ou quand par l'air serain contre les vents rebelles,*
> *En troupe, le heron va desployant ses aisles.*

**Herse :** engin de labourage, ou porte-coulisse.
Baïf en l'Eclogue 11.

> *Ma herse, & ma charrue, & leur joug, &*
>     *mes bœufs.*

**Hestre :** espece de chesne qui n'est bon sinon à
brusler, nomé en Languedoc *Fay*, du Latin *fagus.*

**Hetter, ou Haiter :** s'esgaye, & sauteller d'aise.
Baïf au 2. de ses Mimes :

> *Ou que l'oiseau qui plus se hette*
> *D'aise & plaisir, quand il se jette*
> *Dans les filets à l'estelon.*

K 3

Heurter, ou plustost *Hurter*: choquer, & pousser. Ronsard au 1. du Bocage:

> *En me heurtant du coude, ainsi me vint tanser.*

## H I.

Hibou: oyseau nocturne. Du Bellay au 4. de l'Eneide;

> *Elle oit encor' sur le haut du repaire,*
> *Se lamenter le hibou solitaire.*

Hideux: effroyable, affreux. Baïf en son Eunuque;

> *Le voyant crasseux, ord, & sale,*
> *Maigre, hideux, chagrin, & pale,*
> *Chargé de haillons, & grand aage.*

Hideur: ce qui rend hideux & effroyable. Baïf au 4. des Poëmes;

> *Il est tout beau l'ennemy de hideur.*

Il pourra sembler à l'adventure à quelqu'vn, que l'aspiration qui est marquée en *Hierarchie,* *Hierusalem,* & autres semblables dictions qui ne sont pas purement Françoises, est observée en leur prolation contre ce que nous auons enseigné. Car il est certain que l'on dict *la Hierarchie de Hierusalem,* & non *l'Hierarchie.* Mais c'est pour autant que la lettre *I,* en tels vocables, est plutost consonne que voyelle, & partant ne peut elle estre meslée avec la voyelle finale du mot precedant. Ronsard au 2. livre des Hymnes,

> *La Hierarchie, & toutes les puissances.*

## H O.

Hobreau, le plus petit de tous les oyseaux de

fauconnerie apres l'Esmerillon. Il est pris par
translation pour vn qui estant peu de chose, veut
paroistre plus grand qu'il n'est. Remy Belleau en
la Recogneuë :

> De pouvoir tirer hors des serres,
> Et des pinces de ce Hobreau.

Hocher : branler, secoüer. Ronsard au 1. livre
des Odes :

> Typhé hochoit arraché.
> Vn grand sapin esbranché,
> Comme vne lance facile.

Hochet : joüet que l'on donne aux petits enfans de mamelle : du verbe hocher.

Hocquet : sanglot. Amiot, Du trop parler: Les
hommes mettent grande peine, & grande solicitude,
& endurent de la douleur, pour chasser la toux, &
le hocquet.

Hocqueter : respirer à hocquets, sangloter. Baif
au 4. livre des passetemps :

> Et s'esforçans en vain ne faict que hocqueter.

Hoyau : instrument à fossoyer la terre, nommé
aussi Houë. Remy Belleau en la Bergerie :

> —————— casser la motte oisive
>
> A grand coups de Hoyau. —————

Hongner : gronder comme font les porceaux.

Hongrie : pays Septentrional. Ronsard en ses
Elegies :

> Traversa la Hongrie, & la basse Alemaigne.

Honnir : souiller, & des honnorer. Baif au 4.
livre des Poëmes :

238  *Mots François, qui sont aspirez*

> *Pour ne bannir point de loyalle,*
> *De son lict la foy nuptiale.*

Honte: ignominie, vergongne, Baïf au 2. de
ses Mimes:

> *Hoüer ne puis, l'aage me dompte:*
> *Mendier, ce m'est trop de honte;*
> *Pitié, de male faim perir.*

Honteux: qui a honte, qui est accompagné
de honte, Belleau en la Complainte sur la mort
de Du-Bellay:

> *Puis de face honteuse, & de bouche crainti ve.*

Hors: Ronsard au discours des miseres de ce
temps,

> *Donne que hors des poings eschape l'alumelle.*

Hotte: corbeille à porter sur le dos, Ronsard
au 1. de ses œuvres:

> *Certes j'aimerois mieux dessus le dos charger*
> *La hotte, pour curer les estables d'Augée.*

Hottée: ce qui peut chevir & entrer dedans
vne hotte, Baïf au 1. de ses Mimes:

> *A quatre deniers la hottée.*

Houblon: espece d'herbe potagere.

Houe: outil à fossoyer & rompre la terre, Baïf
au 8. de ses Poemes:

> *S'il faut qu'avec la houe il tienne la serpete.*

Houlette: baston de berger, Baïf en son Eclogue 2.

> ——— *Pales y vint soudain,*
> *La panetiere au flanc, la houlette en la main.*

Houpe: floc, Ronsard au 2. de la Franciade,

*Ayant au col sa targe à mainte houpe.*

Houpelande : vestement de berger contre la pluye, comme les cappes de Beam.

Houper : orner de houper, & franges. Ronsard en ses Elegies :

*L'eschine de toison pour les autres se houpe.*

Houpu, & Houpue : qui a plusieurs houpes. Ronsard au 1. de ses poemes,

——————— & de mousse frizée

*Tendre, houpue.* ———————

Housse : ornement à mettre sur la selle d'vne monture.

Houssine : petite verge souple & deliée dont vsent les Escuyers, & chasseurs. Ronsard au discours des miseres de ce temps,

*Et maugré l'esperon, la houssine, & la main.*

Et au 1. Bocage Royal :

*En me disant tels mots, d'vne blanche houssine*
*Que vous a viés ez mains, vous frapastes l'eschine*
*De mes chiens par trois fois.* ———————

Houx : arbre qui iette la glus. Ronsard au 2. des Poemes :

*Le hous vne Nymphe estoit.*

Houssoir : balay à houssler & nettoyer les cheminees, fait de houssion.

Houzer : chausser des houseaux ou surchausses qui servent de bottes. Nos proverbes anciens disent,

*A l'an soixante douze*
*Temps est que l'on se houze.*

## H V.

**Hucher** appeller en sifflant; vieil mot François qui est encore en vsage. Remy Belleau en la 5. Eclogue sacrée,

> *Il m'appelle, il me huche, & frape à nostre porte.*

**Huée** : cry tumultuaire de gens huans : du verbe **Huer**, qui est crier hautement. Baïf au 6. des poëmes;

> *Et l'air de retentir d'vne longue huée.*

**Huguenot** : terme qui n'est que trop françois & trop cognu parmy nous. Baïf au 1. livre de ses passetemps:

> *Tandis le huguenot fait son propre du mien.*

**Huict**, & **Huitiesme** : Baïf au 5. livre de ses poëmes,

> *Au bout de huict, ou neuf jours se presente.*

**Hulée** : hulement, huée, le bruit que l'on fait en hulant; du verbe **Huler**, qui est crier longue-ment, & fort. Baïf en son Brave,

> *Or vela desia la meslée.*
> *I'enoy le bruit, & la hulée.*

**Humer** : avaller, & attirer à soy. Ronsard en ses Elegies,

> *Ie humoy l'air de ceste grande ville.*

**Hune** : le panier qui est au haut du mast. Baïf au 2. livre de ses poëmes:

> *Soit qu'vn calme prosperité,*
> *Tu le vois ta modeste hune.*

**Hupe** : creste qui est sur la teste d'aucuns oiseaux. C'est aussi le nom de certain oyseau hupé.

Hure: la teste d'vn Ours, ou Sanglier, & autres bestes mordantes. Remy Belleau en sa bergerie,

*Qui de hure, & de dents se fait voye en poussāt.*

Et Baïf en son braue:

*Ce sot à la hure frisée.*

Hurlée: hurlement. Ronsard au 4 de la Franc.

*Qui l'air d'entour emplira de hurlées.*

Hurler: crier effroyablement comme font les Loups. Ronsard au 2. des Hymnes:

*De voir sauter de nuict vne hurlante presse.*

Hurt & Hurte: choc, rencontre, & occasion. Baïf au 2. de ses Poemes,

*se desmesla de ce hurt estranger.*

Hurter; choquer. Ronsard au 1. livre des Hymnes:

*Et de teste & des mains lourdement se hurterēt.*

L'aspiration que nous escriuons en Huille, huis, & huistre, qui viennent du Latin *oleum, ostium,* & *ostrea,* a esté mise sans doute deuant tels vocables, pour monstrer seulement que la lettre *v* qui suit apres, est voyelle, & non consonante: de crainte qu'on ne leut *ville* pour Huille: *vis* pour, huis: *vistre* pour huistre, comme l'on eust peu faire sans telle marque d'aspiration, laquelle n'est oncques suiuie d'vn *v* consonne: car au reste la lettre H est du tout inutile en la prolation de tels mots, lesquels sont tousiours proferés sans aspiration. Baïf au 2. de ses passetemps:

*Les hommes de nos deux ont eu presens diuins.*

*D'elle l'olive huilleufe, & de moy les bons vins*

Remy Belleau en la 5. Eclogue facrée:

———— *il avance foudain,*

*Par la fente de l'huis fa belle & blanche main.*

Et Ronfard au 1. des Hymnes:

*A la façon de l'huiftre: auffi le facrifice, &c.*

Voila donc, ou peu s'en faut, tous les mots
François qui doivent eftre proferés en tefte d'vne
afpiration afpre & vehemente, laquelle leur eft
peculiere & propre, & non empruntée ne du
Latin ne du Grec. Par ou le fondement pofé cy
deffus pour regle generale & certaine, touchant
la prolation des dictions Françoifes qui font ef-
crites par H au commencement, demeure fuffi-
famment confirmé.

## F I N.

www.ingramcontent.com/pod-product-compliance
Lightning Source LLC
Chambersburg PA
CBHW061434030726
47503CB00005B/1407